Frank Rossbach

Pommes mit Erdbeeren - Literarisches Fastfood

AF215661

Frank Rossbach

Pommes mit Erdbeeren

Literarisches Fastfood

Bibliografische Information der Deutschen Nationalbibliothek:
Die Deutsche Nationalbibliothek verzeichnet diese Publikation
in der Deutschen Nationalbibliografie; detaillierte
bibliografische Daten sind im Internet über dnb.dnb.de
abrufbar.

© 2019 Frank Rossbach
Herstellung und Verlag: BoD – Books on Demand, Norderstedt

ISBN 9783750435445

Das Buch widme ich meiner großen Schwester
Sabine.

Kleine und große Taten wären
ohne deine Hilfe kaum
möglich!

Bruderkuss.

Inhalt

Vorwort.

Braucht so ein Buch überhaupt ein Vorwort? Hm, ganz ehrlich - ich weiß es nicht! Und eigentlich würde ich die Frage auch mit einem „Nein!" beantworten. Aber da es mein Buch ist, kann ich auch die Regeln machen. Also: Hier ist das Vorwort zu dem Buch, das mich in die Bestsellerliste Deutschlands katapultieren wird. Und dann könnte ich endlich mal wieder ein T-Bone-Steak essen gehen, mir ein neues Auto und mit meiner besseren Hälfte zusammen einen Herd mit Selbstreinigungsfunktion leisten. Die hat er nämlich nicht - obwohl der Verkäufer es gesagt hat. Und dann würde ich... nee, jetzt entgleist es!

Hey, es freut mich, dass ausgerechnet du dir mein Buch geleistet hast und wir uns jetzt ein bisschen kennen lernen. Das heißt, ich möchte dir erklären, was dich in diesem Buch erwartet und warum ich der Meinung war, dass die ganze Welt schon ewig auf dieses Buch gewartet hat.

Und ich möchte dir verraten, dass du ein „soziales Projekt" unterstützt.

Also, du wirst in dem Buch keine Antworten auf das Leben finden! Denn je älter ich werde, desto überzeugter bin ich, dass ich das Leben ebenso wenig verstehe, wie das Leben mich. Aber Schreiben liegt mir im Blut und das, obwohl ich immer noch mit der deutschen Rechtschreibung kämpfe, wie an dem Tag, als ich in der Grundschule meine erste Fünf in einem Diktat bekam.

Dabei fällt mir ein, dass mein ehemaliger Klassenlehrer und meine Deutschlehrerin vermutlich im Grabe rotieren würden, wenn sie wüssten, dass ich ein Buch geschrieben habe. Und jetzt auch noch das zweite! Ja, die Schule und ihre Lehrkörper haben mir das Schreiben ziemlich vermiest.

Und damit ich mich „ernsthaft" mit dem Schreiben beschäftigte - dafür musste mir das Leben erst mal einen wirklichen Tritt in den Arsch verpassen. Den bekam ich dann auch in Form eines Herzinfarkts.

Und jetzt sitzen wir beide hier: Du, in der

Hoffnung auf ein bisschen Unterhaltung - ich, in der Hoffnung, dich zu unterhalten. Die *Message* meines kleinen Buches soll einfach sein: Es kann noch so verworren sein, hab einfach Spaß!

Aber eigentlich ist das zu einfach. Vielleicht kann ich es dir auch so sagen: Höre niemals auf! Ja, das ist besser. Es wird auf deinem Weg immer wieder Leute geben, die dir sagen: Ich kann das viel besser als du! Oder: Ich an deiner Stelle würde das so machen. Scheiß drauf! Wenn ich auf all die Leute gehört hätte, die mich wegen meiner Rechtschreibung kritisiert haben (ganz besonders ich selbst), würdest du das Buch nicht in Händen halten. Also meine Botschaft an dich ist: Hab Spaß und höre niemals auf!

Und wie war das mit dem „sozialen Projekt"? Das soziale Projekt, das du unterstützt, bin ich! Du hast mich gerade davor bewahrt, meine letzten fünf Euro an einen Kiosk zu tragen und in Bier zu investieren. Denn für jemanden, der durch alle sozialen Netze rasselt, ist es nämlich manchmal recht schwer, die Orientierung zu behalten. Und außerdem vertrage ich keinen

Alkohol!

Viel Spaß ... Frank!

Männergrippe.

Wir sind Männer! Es geht darum, den Grill anzuschmeißen, ein Tier zu erlegen oder das Wohnzimmer zu staubsaugen. Von Grippe stand nichts im Vertrag!

Ok, es ist soweit. Mit letzter Kraft schließe ich die Wohnungstür auf und schleppe mich ins Schlafzimmer. Mein Kopf dröhnt und ich schmecke in meiner Mundhöhle den Schleim, der da von der Nasennebenhöhle zusammenläuft. Ein mächtiger Hustenanfall lässt meinen Körper erbeben. Während ich noch versuche, den Husten abzuwürgen, was natürlich nicht klappt, spüre ich ein Brennen im Brustkorb und lasse mich auf das Bett fallen. Mein Körper bebt immer noch, der Schmerz verschwindet und ich stöhne einmal herzzerreißend. Ich schließe die Augen und überdenke verschiedenste Krankheiten, die von meinem Körper Besitz ergriffen haben könnten.

Bei „Herzbeutelentzündung mit Lungenbeteiligung" (nur dadurch kann der Schmerz in der Lunge herrühren und auch den grünlichen Schleim erklären), werde ich durch ein zaghaftes „Miau" unterbrochen. Ich öffne das rechte Auge und sehe unsere beiden Katers, die mich mit einer Mischung aus Interesse, Überraschung und Hunger ansehen.

„Geht in die Küche und macht euch eine Dose auf, ich bin gerade am Sterben", murmele ich den beiden zu und schließe wieder die Augen. Gerade überlege ich, ob es bei einer akuten Lungenfibrose auch zu Kopfschmerzen kommt, als aus dem zaghaften Miauen ein fordernder Katerchor wird. Eindeutige Meinung der tierischen Mitbewohner: „Sterben kannst du nachher - wir haben Hunger!" Mit einem tiefen Seufzer, der natürlich sofort wieder einen Hustenanfall nach sich zieht, erhebe ich mich und wanke in die Küche. Die Katers streichen um meine Beine und ich laufe immer wieder Gefahr, über sie zu stolpern. In der Küche muss ich mir erst mal mit einem Stück Küchenpapier ausgiebig die Nase putzen. Schlechte Idee! Zwar verlässt auf diesem Wege eine Unmenge Schnodder meinen Körper, mein Kopf fand diese Aktion aber gar nicht lustig und revanchiert sich sofort mit einem heftigen Stich durch alle Gehirnhälften. Ganz klar, denke ich, Gehirnhautentzündung! Ich sollte den Katern was zu essen geben, solange ich noch weiß, wer ich bin.

Der schwarze Kater schaltet beim Essen wieder auf Gourmet. Die ersten beiden Vorschläge trafen nicht seinen Geschmack. Sein Bruder freut sich - bekommt er jetzt die doppelte Portion. Mir wird das zu bunt und ich öffne fünf verschiedene Dosen und mache immer einen Brocken auf jeweils einen Unterteller. Sieh zu, wie du klarkommst, denke ich. Wenn Anja nachher fragt, kann ich ihr immer noch sagen, dass es sich mit einem beginnenden Hirntumor schlecht denken lässt. Das letzte, was ich sehe als ich die Küche verlasse, ist ein schwarzer Kater, der schnüffelnd über einer Portion Katzenfutter steht, während der andere sich an einen Unterteller heranpirscht.

Ich versuche unterdessen das Bad zu erreichen.

Im Medikamentenschrank haben wir bestimmt etwas gegen meine Schmerzen. Auf dem Weg stütze ich mich vorsorglich an den Wänden im Flur ab, nicht dass ich einen Schwindelanfall bekomme. Im Bad wird meine Suche nach passenden Medikamenten durch einen Hustenanfall, eine Niesattacke und dem anschließenden Reinigen meines Bartes unterbrochen. Der Bart ist neu, ich hatte keine Ahnung, was sich da so alles festsetzen kann, wenn einem ständig die Nase läuft. Und aufs Klo muss ich auch. Verdammt, denke ich, jetzt bekomme ich auch noch Verdauungsprobleme. Nachdem mein Körper sich einigermaßen beruhigt hat, kann ich an die Medikamente. Ich finde eine Menge Zeug, das meinem Körper eine ruhige Nacht und angenehme Träume verspricht. Es ist gerade mal 10:30 Uhr. Egal! Ich spüle alles mit einer aufgelösten ASS herunter. Dann inspiziere ich mein Gesicht äußerst genau im Badezimmerspiegel. Hab ich Ränder unter den Augen? Eher weniger. Ist die Zunge geschwollen? Der Rachen gerötet? Hab ich irgendwo Pusteln? Was wirklich Auffälliges

16

kann ich nicht entdecken. Na klasse, jetzt hab ich's auch schon mit den Augen. Ich wanke zurück ins Bett, lasse meine Kleidung da fallen, wo ich sie ausziehe und krieche unter die Decke. Mit meinen letzten Kräften muss ich sparsam umgehen.

Unter der Decke kommt mein Körper zur Ruhe und ich kann ganz entspannt meinen Schmerzen nachgehen. Der Kopf dröhnt immer noch, die Nase ist dicht und meine Lunge droht mit einem Hustenanfall. Ich hab vergessen, Fieber zu messen. Aber bestimmt hab ich Fieber. Garantiert schon an die 40°C, sonst wäre es hier im Bett auch nicht so warm! Mit dem Gedanken an ein Seebegräbnis schlafe ich ein.

Nach vier Stunden werde ich wieder wach. Ich höre Anja in der Küche klappern.

„Anja? Anja? **Anja**!", krächze ich hilflos, „Kannst du mal kommen?" Nach einer Weile erscheint sie im Schlafzimmer.

„Hast du was gesagt?"

„Ja, ich liege hier und sterbe!"

„Mal wieder?", fragt sie mit einem, wie es mir

vorkommt, spöttischen Lächeln. Sie legt mir die Hand auf die Stirn, fühlt einen Moment und sagt dann:

„Heiß fühlst du dich nicht an. Was hast du denn? Magst du irgendwas?"

„Mindestens eine Lungenentzündung!", stöhne ich schwach, „Könntest du mir eine Suppe machen? Irgendwie Hühnerbrühe oder sowas?"

„Ja klar!", erwidert sie und verschwindet aus dem Schlafzimmer.

Mein Körper freut sich darüber, dass ich wach bin und sofort werde ich wieder von einer Hustenattacke geschüttelt. Da sich dadurch einiges in meinem Mund angesammelt hat, was da nicht hingehört, stehe ich auf und versuche, das Bad zu erreichen. Die ganze Zeit warte ich auf den stechenden Kopfschmerz - aber er bleibt aus. Glück gehabt oder die Vorstufe auf Schlimmeres. Ich weiß es nicht.

Die Reinigungsprozedur am Waschbecken dauert ein bisschen länger, da ich mir auch noch die Zähne putzen will. Als ich dann wieder ins Bett wanke, steht auf dem Nachttisch neben einer Hühnerbrühe eine Scheibe Toast ohne Rinde und ein Päckchen Taschentücher. Von den Taschentüchern verbrauche ich sofort eine größere Menge ohne den erwünschten Erfolg. Außer, dass mir jetzt die Nase wehtut. Seltsam, die Suppe schmeckt! Nicht, dass jetzt jemand glauben sollte, meine Freundin könne nicht kochen - aber wenn ich erkältet bin, schmeckt mir kaum etwas. Doch diese Hühnersuppe schmeckt wie eine Hühnersuppe schmecken sollte. Zur Probe beiße ich in den Toast. Alles gut: Schmeckt nach Pappe!

Aber es gibt ja den ultimativen Test, um zu sehen, wie krank ich bin. Nachdem ich die Suppe getrunken habe, ziehe ich mir Hose und Schuhe an und werfe mich in meine Winterjacke. Dann gehe ich auf den Balkon und stecke mir eine Zigarette an. Anja hat nichts gesehen, gut so.

Wenn die Zigarette jetzt so schmeckt als würde ich einen Aschenbecher auslecken, dann bin ich wirklich krank. Voller Erwartung nehme ich den ersten Zug und... bin ein wenig enttäuscht. Die Zigarette schmeckt normal. Oh Gott, denke ich, welche Fiesheit hat sich mein Körper da wieder ausgedacht. Nachher mal Symptome googeln.

Anja erwischt mich beim Reinkommen und schaut mich skeptisch an.

„Ich wollte nur mal was ausprobieren, ich lege mich gleich wieder hin. Suppe war klasse, hab dich lieb!"

„Du stinkst nach Rauch!"

„Ich sag doch, das war ein Experiment."

Mein Weg führt mich an meiner immer noch skeptisch schauenden Freundin zurück ins Bett. Blick auf den Radiowecker - ist es schon wieder Zeit, Tabletten zu nehmen? Da ich mich nicht entscheiden kann, putze ich mir nochmal die Nase, bereue das sofort wieder, inzwischen brennen die Nasenlöcher. Nachdem der Schmerz abgeklungen ist, schließe ich die Augen. Schwärze umfängt mich. Das letzte, was ich mitbekomme, ist, dass einer unserer Katers aufs Bett springt und sich neben mich legt. Wenigstens einer!

Der Gang auf den Balkon war zu viel für meinen Körper. Er braucht jetzt dringend Ruhe und so erwache ich erst gegen 22:30 Uhr.

Bestandsaufnahme: Nase ist immer noch zu, hab ein bisschen Halsschmerzen, Kopf dröhnt, aber keine Kopfschmerzen. Der dröhnende Kopf lässt mich an einen Tinnitus denken. Ob ich überhaupt eine Krankheit habe, die schon von der Wissenschaft erfasst wurde? Ich schleppe mich ins Wohnzimmer auf der Suche nach menschlicher Zuneigung und lasse mich in meinen Schreibtischsessel fallen. Meine Freundin liegt auf der Couch und schaut vergnügt irgendeinen Rosamunde-Pilcher-Film. „Verdammt, wie kann man nur so gesund aussehen?", geht es mir bei ihrem Anblick durch den Kopf. Und warum gerade so ein Film? Ich muss mal ein sehr böser Mensch gewesen sein!

„Und… wie geht's dir?", fragt sie besorgt.

„Im Prinzip weiß ich das nicht so genau. Aber das", und deute auf den Fernseher, „überlebe ich nicht!"

Sie verzieht das Gesicht. „Möchtest du was anderes sehen?"

„Nee, lass nur. Ich bleib sowieso nicht lange, wollte nur gucken, ob ich was essen kann und dann wieder ins Bett."

Ohne ein Wort zu sagen verschwindet sie in der Küche, aber nicht ohne mir vorher die Fernbedienung in die Hand gedrückt zu haben. Ich zappe lustlos durch die Programme, während ich probeweise versuche zu husten. Das hätte ich nicht machen sollen. Der Hustenanfall kennt kein Ende. Während mir die Werbung suggerieren will, dass man heutzutage ganz anders liebt als früher, stelle ich fest, dass mich meine Lunge gar nicht mehr liebt und sich scheinbar am liebsten ganz aus meinem Körper verabschieden will, so sehr schüttelt mich der Husten. Als der Schmerz langsam nachlässt, denke ich mir: „Wer will auch so was Schmerzendes?!"

Anja kommt zurück und reicht mir einen Teller mit einem Schinkensandwich. Mit Heißhunger mache ich mich darüber her. Sie legt sich wieder auf die Couch und schaut weiter fern. Ich widme meine ganze Aufmerksamkeit meinem Essen. Irgendwann fragt Anja:

„Wolltest du das sehen?"

Im Fernseher läuft „Zuhause im Glück". Ich schüttele den Kopf und reiche ihr die

Fernbedienung zurück. „Mach ruhig", sage ich, „Frau Pilcher kann es jetzt auch nicht mehr schlimmer machen!"

Sie schaltet wieder um und ich fahre meinen Laptop hoch. Die Welt muss von meinem Ringen erfahren. Ich will ein Mahnmal setzen für all die stummen Männer, die sich in den Klauen einer fürchterlichen Erkältung befinden und still zu Hause vor sich hin leiden. #undwirsindnochvielmehr! Aber vorher fallen mir nochmal vier Tempos zum Opfer. Der Erfolg: Die Nase ist genauso dicht wie vorher und meine Nasenlöcher fanden das auch nicht gerade lustig. Aua!

Ich logge mich auf Facebook ein. In den nächsten Tagen hab ich ein paar Termine. Ich weiß, dass ich im Algorithmus von ein paar Leuten auftauche und so brauche ich erst mal nicht groß zu telefonieren. Dass Cambridge Analytica, Trump und Putin von meinem Gesundheitszustand erfahren, lässt sich wohl nicht vermeiden. Ich poste: „Männergrippe! Sag zum Abschied leise: Scheiße!" Dann drehe ich mich zum Fernseher und warte. Frau Pilcher entführt mich nach Schottland zu einem jungen Gutsbesitzer und... nee, das ist zu viel. Ich gehe lieber auf den Balkon und sterbe den Kältetod. Anja schaut mich an und ich halte meine Zigaretten hoch.

„Musst du jetzt unbedingt rauchen?"

„Ich wollte mal an die frische Luft und JA!"

Uh, draußen ist es wirklich kalt. Die Zigarette rauche ich gerade mal zur Hälfte, dann verschlägt es mich wieder nach drinnen. Anja straft mich mit Nichtachtung.

Auf Facebook haben sich erste Meldungen eingefunden. Erwartungsvoll fange ich an zu lesen. Eine Freundin aus Irland schreibt:

„Stirbst du jetzt?" Ich schreibe ihr zurück: „Nee, nicht wörklich,... aber: ich bin ein Mann, also ist es haarscharf!!!!

Der nächste Post: „Ähm... wir haben nächste Woche ein Date! Also SCHNELLE gute Besserung!" Ach ja, die Silvesterfeier mit Freunden. Ich sterbe hier und die denken nur an ihr Vergnügen! Ich antworte noch, dass ich tue, was ich kann und verabschiede mich ins Bett. Irgendwie haben meine Freunde beim Thema

„Mitgefühl" wohl gefehlt, denke ich und hülle mich in die Bettdecke. Die Nacht vergeht ereignislos. Die frühmorgendliche Raubtierfütterung überlasse ich aber meiner Freundin.

Allerdings zwingt mich mein Kopf um sechs Uhr, das Bett zu verlassen. Während ich versuche, Herr über meine Körpersäfte zu werden, philosophiere ich: Wie schafft es mein Körper nur, so viel Schleim zu produzieren? Wenn ich für einen Liter zehn Euro kriegen würde - ich wäre ein gemachter Mann! Nach einer Dusche, die mich einigermaßen belebt, der Rasur und einem Tablettenfrühstück rufe ich meinen Hausarzt an. Die Nachfrage, ob es denn dringend wäre, beantworte ich mit dem Wort: „Allerdings!"

Na gut, ich soll kommen. Wenn ich rasch da sei, könnte ich als erstes drankommen. So schnell ist noch keiner von Kassel-Lohfelden nach Kassel-Wilhelmshöhe gefahren. Persönlicher Rekord und das im kranken Zustand. Und ich schaffe es tatsächlich als Erster ins Wartezimmer. Ich schöpfe Hoffnung. Was auch immer mein

Körper da wieder ausgeheckt hat, mein Doc wird es rausfinden und dann bin ich vielleicht noch zu retten. Darauf einmal kräftig geniest!

Ich komme kaum dazu, in der GEO über den geschrumpften Aralsee zu lesen (will ich eigentlich auch gar nicht, meine geschrumpfte Kondition ist mir wirklich wichtiger), als mich der Arzt hereinbittet.

„Hallo Herr Rossbach, was fehlt Ihnen denn?"

„Ich weiß gar nicht, wo ich anfangen soll: Die Nase ist dicht und wenn sie nicht dicht ist, läuft sie. Der Kopf dröhnt, ich hab Husten und die Lunge schmerzt so sehr, dass ich sie mir am liebsten herausreißen möchte. Ich tippe auf eine Grippe!"

„Na dann gehen Sie doch mal zum Behandlungstisch und machen den Oberkörper frei, ich horche Sie dann gleich mal ab."

Die ärztliche Prozedur verläuft enttäuschend. Ich werde abgehorcht, mein Blutdruck und mein Puls gemessen und in meinen Rachen geschaut. Und dann verkündet der Arzt sein Urteil: Ich hätte eine kleine Erkältung. Ein paar Tage Bettruhe und Inhalation - dann wird's schon wieder gehen. Na toll, ich kriege noch nicht mal Antibiotika. Als geschlagener Mann verlasse ich die Praxis. Der Quacksalber hat den ganzen Ernst der Lage gar nicht erkannt, denke ich bei mir.

Zu Hause erreichen mich dann die aufbauenden Worte eines „Freundes": „Reiß dich zusammen Mann, oder bist du 'ne Maus? Dann solltest du Angst vor euren Katzen haben!"

Ich poste ihm das Bild einer Maus, die in einem Kinderbett liegt, gestreichelt wird und antworte: „Maus! Eindeutig!"

„Anja, sag mir, wie tapfer ich bin und hör auf, dabei zu lachen!"

Vom Autofahren.

Autofahren wird immer brutaler
in Deutschland. Familienverhältnisse sind
an der Entwicklung nicht ganz unschuldig.

Ich halte mich eigentlich für einen freundlichen und geduldigen Menschen. Allerdings gibt es Dinge, die mich bis zur Weißglut reizen. Dazu gehört inzwischen leider auch das Autofahren. Am Anfang meiner fahrerischen Karriere war ich gar nicht so begeistert von Geschwindigkeitsbeschränkungen und Vorfahrtsregeln. So etwas konnte man getrost ignorieren. Das war für mich allenfalls eine Empfehlung - bestenfalls ein Vorschlag der Verkehrsbehörde. Schließlich hatte ich eine Karriere als Rennfahrer vor mir. Zu meinem Leidwesen wusste das aber weder die Formel 1 noch die Polizei. Und so fing ich an, Strafzettel und polizeiliche Verwarnungen zu sammeln.

Das ging dann soweit, dass ich innerhalb zweier Jahre Post aus Flensburg bekam: „Sehr geehrter Herr Rossbach. Nicht, dass wir kein Verständnis für Ihren Fahrstil hätten, aber wenn Sie so weiterfahren, sollten Sie doch mal über einen Idiotentest nachdenken!" Und wiedermal wurde eine junge, erfolgversprechende Karriere durch juristische Kleingeistigkeit zermalmt. Ich beschloss in Zukunft den Verkehrszeichen mehr Aufmerksamkeit zu widmen. Das würde sich auch auf meinen Spritverbrauch und letztendlich auf den Geldbeutel auswirken. Als junger Mensch hat man ja nie genug Geld. Das hat sich bei mir bis heute noch nicht geändert. Und mit der Zeit wurde ich tatsächlich zu einem ruhigen, ausgeglichenen, vorausschauend fahrenden Mitglied der Autofahrerfamilie.

Allerdings nur so lange, bis ich meinen Vater herumkutschieren musste. Und wenn mir in solchen Situationen auch noch die wunderbarste Frau von allen, meine Freundin, in den Rücken fällt, dann liegt plötzlich der

Spontaneintritt in ein Kloster sehr nahe.
Kostprobe gefällig?

Ich war schon in den Vierzigern, als ich mit meinen Eltern und meiner Freundin in ein wohlbekanntes skandinavisches Möbelhaus wollte. Ich fuhr also meine mir bekannte Strecke, die mir die beste Möglichkeit bescherte, anzukommen. Die Strecke hatte nur einen Nachteil: Sie war meinem Vater gänzlich unbekannt. So also mein Vater:
„Wieso fährst du hier lang?"
Ich: „Weil ich die Strecke kenne."
Mein Vater: „Aber du kannst auch da langfahren!"
Ich: „Ja, deine Strecke kenne ich aber nicht."
Mein Vater: „Du musst jetzt abbiegen, du musst jetzt ABBIEGEN. DU MUSST ABBIEGEN!"
Ich: „Wer fährt, DU ODER ICH?"
Leider war die Diskussion da immer noch nicht zu Ende. Im letzten Drittel der Strecke gibt es die Möglichkeit, ein bisschen über die Autobahn zu fahren. Das genieße ich immer sehr. Es war mir ganz recht, weil die Fahrt bis

dahin voller Alternativvorschläge war und ich meinem alten Herrn schon vorgeschlagen hatte, den Wagen abzustellen und ihn fahren zu lassen. Das wollte er dann doch nicht und tat meinen mir durchaus vernünftig erscheinenden Vorschlag als Unfug ab. Ja, ich war gereizt. Ich hatte mir schon vorgenommen, meinem Vater in Zukunft ein Taxi zu bestellen, wenn er irgendwohin wollte. Meine Autofahrkünste schienen einfach nicht auszureichen. Und als ich auf die Autobahn auffuhr, konnte er sich dann doch nicht zurückhalten:

„Warum fährst du denn jetzt auf die Autobahn?" Ich lief rot vor Wut an, gut, dass es dunkel war.

Ich (mühsam ruhig): „Weil das nun mal meine Strecke ist!"

Mein Vater: „Die andere ist viel kürzer!"

Ich (versuchte nicht zu explodieren): „Die kenne ich aber nicht!"

Und dann vernahm ich die Stimme meiner Freundin. Ich dachte, sie wolle mir zu Hilfe kommen, aber sie sagte nur:

„Aber ich kann dir demnächst mal die andere

Strecke zeigen, oder?"
Wo bitte ist das Kontaktformular für das nächste Kloster?

Aber mit zunehmenden Alter kommt auch eine gewisse Ruhe. Auch bei mir. Mein Vater hatte den Führerschein abgegeben und wurde zum Fußgänger. Wie sich das für einen guten Sohn gehört, bot ich mich trotzdem für allerlei Wege an. Und so war ich dann dran, meine Eltern aus ihrem Urlaub abzuholen. Das tat ich auch. Auf dem gesamten Rückweg benahm sich mein Vater gut. Er betonte es auch immer wieder, wie sehr er sich zusammennahm. Da machte ich mir schon Gedanken über meinen Fahrstil. Konnte es sein, dass mich mein Vater verarschte? Zum Schluss dachte ich, dass ich es ihm ein bisschen leichter machen könnte und fragte ihn, welche Strecke er durch die Stadt vorschlüge. Ein bisschen umständlich, dachte ich mir, fuhr aber die vorgegebene Route. Irgendwann musste ich abbiegen und es kam, was kommen musste.
Mein Vater (irritiert): „Warum fährst du denn hier lang?"

Ich: „Weil du mir den Weg so vorgeschlagen hast!"

Mein Vater: „ Ja? ... Hab ich das? Na ja, du musst dich in Zukunft dran gewöhnen, dass ich was anderes meine als ich sage!"

Das ist wohl das Los eines Nachkommenden. Wir werden es nur selten schaffen, die Erwartungen der Vorangegangenen zu erfüllen. Es wundert einen, dass die Menschheit nicht nach der zweiten Generation Neandertaler ausgestorben ist.

Es muss was passieren!

Ein Entschluss, der immer wieder bei
meinen Neujahrsvorsätzen dabei
ist, ist Sport! Und das alle Jahre wieder!

Im Fernseher lief „Vikings". Diese pseudo-historische TV-Serie, in der das Leben der Wikinger eine einzige Abfolge von Brandschatzen, Kriege führen und Feiern ist. Meine Lebensabschnittsverschönerung sah mit glänzenden Augen in den Apparat und ergötzte sich an den tätowierten, haarlosen, muskelbepackten Männerbrüsten und den eigenwilligen Frisuren.

Da es an diesem Abend sehr heiß war, hatten wir Küchenfenster und Balkontür offen. Ein leichter Windhauch ging durch die Wohnung und erzeugte die Illusion von Kühle. Ich hatte mir das T-Shirt ausgezogen und mich auf meinem Schreibtischsessel so hingefläzt, dass ich dem scheinbar historischen Spektakel gemütlich folgen konnte.

Gerade baute sich einer dieser testosterongeschwängerten Krieger vor seinem Gegner auf und fing an, ihn zu beleidigen. Auch die Mutter des Beleidigten kam dabei nicht gut weg.

Die Regie hatte dafür gesorgt, dass man nur das wütende Gesicht des Protagonisten sah und seine Brust, die sich immer mehr aufblähte. Ja, der Pectoralis dieses Wikingers war schon beeindruckend. Ich schaute an mir runter, auch meine Brust war leicht gewölbt, aber viel irritierender war, dass sich mein Bauch noch viel weiter wölbte. Aber noch mehr störte mich die Lage der Fernbedienung. In einem Anflug von Faulheit hatte ich sie nicht auf den Wohnzimmertisch gelegt, sondern auf den Ansatz meines Bauches. In der Vergangenheit war sie dann immer wieder auf den Boden gefallen. Jetzt blieb sie liegen. Verdammt, das ist bestimmt der Schweiß, dachte ich. Ich schaute wieder zum Fernseher: Der Wikinger hob bedrohlich seine Axt - sein Kontrahent hob seine Waffe zur Abwehr.

Wenigstens ist meine Brust genauso haarlos wie die der Darsteller. Ich fuhr mir mit der Hand über den Oberkörper und dachte: „Auf Stahl wachsen halt keine Haare!"

Dann fiel die Fernbedienung zu Boden. Meine bessere Hälfte schaute zu mir, um zu sehen, was passiert war, ich schaute sie an und dann zur Fernbedienung. Da es kaum etwas gibt, was uninteressanter ist als eine zu Boden gefallene technische Apparatur, wenn sich zwei kraftstrotzende Wikinger gegenseitig an die Gurgel gehen, schaute die beste Freundin von allen wieder dem frühmittelalterlichen Duell zu. Ich schaute die Fernbedienung an und wollte sie durch die pure Kraft meiner Gedanken wieder an ihren Platz zwingen. Das klappte - nicht! Also beugte ich mich ächzend nach unten und angelte mir das widerspenstige Gerät, ohne meinem Körper zu viele Bewegungen zuzumuten.

Inzwischen war ein wüstes Gemetzel im TV ausgebrochen und es war abzusehen, welcher Krieger gewinnen würde. Meine Freundin fieberte mit und ich musste an meinen verlorenen Kampf mit der Schwerkraft denken. Es musste etwas passieren. Die Zeit der guten Vorsätze war vorbei.

„Ich könnte mir ja auch mal so eine Wikingerfrisur machen", sagte ich. „Die eine Seite bis zum Scheitel geschoren und die andere Seite länger wachsen lassen…"

Sie schaute mich kurz an und sagte dann:

„Nein, dafür hast du nicht den Kopf!" Und schwupps, versenkte sie sich wieder in die Geschichte.

Hm, dann nicht!

In der Nacht lag ich dann noch lange wach und überlegte, was zu tun sei. Wenn nicht bald etwas passieren würde, hätte mein Bauch das Rennen wohl gewonnen. So sehr ich auch überlegte, es lief auf Sport hinaus! Aber was?

Sofort wurde ich von Grauen gepackt und war schlagartig wach: Vor meinem geistigen Auge sah ich mich bunt bekleidet, mit Schweißband und Pulswärmer, durch den Wald hetzen. Entsetzt richtete ich mich im Bett auf: Vielleicht noch mit geringelten Skistöcken und Schrittzähler. Nein, das würde nicht geschehen.

Langsam glitt ich in einen erschöpften Schlaf.

Am nächsten Morgen entwickelte ich einen Plan. Ich würde mit dem Sport beginnen, wenn meine Freundin nicht zu Hause wäre. Also am besten „jetzt", sie hatte vor dreißig Minuten das Haus verlassen. Sie sollte das Trauerspiel meiner untergegangen Kondition nicht miterleben. Einen Rest von Männerstolz wollte ich mir bewahren. Also erkundigte ich mich im Internet, was es in der Fitnesswelt Neues gab. Zu dem Zweck steckte ich mir eine Zigarette an, nahm einen tiefen Schluck Kaffee und loggte mich bei YouTube ein.

Zuerst stieß ich auf ein Anzeigenvideo, das mich in die Geheimnisse des Yogas einführen wollte. Das übersprang ich. Ich hatte Yoga schon ausprobiert. Ich war als einziger Mann in einer Übungsgruppe mit zehn Frauen gelandet. Nicht schön! Ich fand mich bei der Ausführung ständig in Positionen wieder, in denen sich ein Mann einfach nicht wiederfinden sollte. Der Krieger, der Baum und das Kind gehen ja noch. Schwieriger sind Kobra und Bogen. Aber spätestens beim herabschauenden Hund ist es bei mir aus.

Dann zeigte mir das Internet einen jungen Mann, dem der liebe Gott wohl schon bei der Geburt einige Muskelpakete mitgegeben hatte. Sein Video war hochmotivierend und strahlte vor Lebensfreude. Allein vom Zusehen wurde ich sofort von einer anstrengenden Müdigkeit erfasst. Ich musste herzhaft gähnen, während mir „Sascha Huber" versuchte zu erklären, welche Fehler ich unbedingt beim Training vermeiden sollte: Nicht zu viele Gewichte auflegen? Sollte klappen, ich hatte noch nicht mal eine Hantelstange! Außerdem sollte ich nicht nur sichtbare Muskeln aufbauen, sondern auch die Beinmuskeln. Hm, scheinbar hatte ich wirklich keine Ahnung von Fitness. Seit wann gehören die Beinmuskeln zu den unsichtbaren Muskelgruppen? Aber „Sascha H." war schon beim nächsten Punkt: Übertraining sollte vermieden werden, wegen der fehlenden Regeneration. Oh, ja - das war ein wichtiger Punkt! Aber wie sollte ich als Fitness-Rookie wissen, wie viel Training zu viel war?

Egal, ich wollte jetzt anfangen. Den Anfang sollten ein paar Liegestütze machen. Das kannte ich von früher. Ich verrenkte meinen Oberkörper ein paarmal in unterschiedliche Richtungen, um meinem Körper klarzumachen, was jetzt kommen würde. Dann ließ ich mich auf den Teppich herunter. Hände ungefähr auf Schulterhöhe, den Rest des Körpers steif wie ein Brett und dann langsam hochdrücken, Ellenbogen dabei aber nicht ganz strecken…

Ich musste niesen. Ich sollte wohl mal wieder Staubsaugen. Und unter dem Schreibtisch sah ich auch einige Spinnweben. Ob ich die nicht erst… Nein, Sport!

Langsam drückte ich meinen Oberkörper hoch. Ei, ei, ei, ich hatte ganz vergessen, wie sehr dabei Oberarme und Schulter belastet werden. Meine Güte, das ist gar nicht einfach. Jetzt aber durchhalten. Es kann nur besser werden. Hat „Sascha H." gesagt! Und irgendwann hab ich es dann geschafft. Ich bin oben. Wille besiegt Körper. Ich genieße meinen Triumph für einen Moment und lasse meinen Körper dann langsam wieder herab, aber nicht ganz.

Anschließend soll es ja wieder nach oben gehen. Mein Körper protestiert unterdessen. Er hatte gedacht, nach dieser einmaligen Höhenfahrt wäre Schluss. Nein, mein Lieber - Wille besiegt Körper. Ich habe das Gefühl, dass ich es förmlich spüre, wie mein Körper überschüssiges Fett verbrennt…

Zwei…

Drei…

Vier…

Füühüünnef …

Den sechsten Liegestütz erlebe ich nicht. Mein Körper rasselt Richtung Teppich und ich drehe schnell den Kopf zur Seite, um den Aufprall zu mindern. Dort bleibe ich pumpend wie ein Maikäfer volle zehn Minuten liegen. Meine Atmung will sich nicht beruhigen.

„War doch, „japs", gar nicht, „japs", so schlecht!", japse ich vor mich hin. In der Tat kann ich mich dann aufrappeln und entdeckte sogleich das grüne Theraband. Stimmt ja, das hatten wir vor einem halben Jahr gekauft und seitdem dekorativ über den Griff der Wohnzimmertür drapiert. Wenn ich wieder zu einem gleichmäßigen Atemrhythmus gefunden hab, will ich mal schauen, was ich damit anfangen kann.

Diesmal soll mir „Bodykiss" zeigen, wie mir das Band helfen kann. Ihr YouTube-Kanal strotzt nur so von Fitness-, Diät- und Gesundheitsvideos. Außerdem ist sie Anwältin. Das kann doch gar nicht verkehrt sein!

Beim Abspielen des Videos stelle ich fest, dass der Ort, an dem sie ihre schweißtreibenden Aktionen filmt, mein persönlicher Konditionskerker sein könnte. Rötliche Backsteinmauern, eine ganze Batterie von unterschiedlichen Hanteln, Faszienrollen in jeder Größe und Farbe und eine Schultafel, an dem verspielt ihr Name und Fitnessplan steht. Am Boden liegt eine dunkle Matte und auch „Bodykiss" strotzt wie vorher „Sascha Huber" durch Energie und Lebensfreude. Mir kommen die ersten Zweifel...

Auch ihr ist meine Gesundheit überaus wichtig und das erste, was sie mir rät, ist, kein preisgünstiges Theraband zu kaufen, wegen der Weichmacher, die den Atemwegen schaden.

Am besten soll ich die Therabänder gleich in ihrem Shop bestellen. Ihr Link wäre in der Videobeschreibung. Na gut. Dann irritiert sie mich dadurch, dass sie zum Start gleich zwei Therabänder benutzt. Und ich soll mir einen Timer besorgen, wegen der Pausen. Früher hieß sowas Stoppuhr - „Bodykiss" fängt an, mir unsympathisch zu werden. Aber ich will ihr eine Chance geben.

Schon die erste Übung verursacht bei mir wieder Atemnot, aber nicht wegen der Ausführung der Übung, sondern wegen des Namens. „Deathlift". Der Todesaufzug! Fahrstuhl des Grauens! Oh Gott, was mag jetzt kommen? „Bodykiss" stellt sich auf das Theraband, hält die Enden ungefähr in der Mitte der Unterschenkel fest und streckt dann ihren Körper. Dabei plaudert sie munter weiter. Hm, ... das sieht aber gar nicht nach Todesverachtung aus. Eher nach einem Spaziergang durch den eigenen Garten. Und außerdem geht sie nach jeder Übung mit den Händen ganz runter. Hat also keine Spannung mehr auf den Bändern. Was hat denn das mit

Kräftigung zu tun? Ah, nach wenigen Durchgängen hat sie ihren Fehler erkannt und hält während der Durchgänge das Band auf Spannung.

Die nächste Übung nennt sich „Row". Warum auch immer. Sie stellt sich auf das Theraband und behält eine Stellung bei, die ich immer habe, wenn ich kurz davor bin, mich aufs Klo zu setzen. Und nun zieht sie das Theraband Richtung Hüfte. Ich schaue ungläubig zu. Das soll gesund sein? Mein armer Rücken, denke ich. Ihr Timer zählt 50 Sekunden herunter, in denen sie immer wieder die Übung erklärt und Hinweise gibt. Und Pausen macht.

Die nächste Übung wird bewegungstechnisch noch anstrengender. Der halbe Stern. „Bodykiss" legt sich seitlich auf die Matte, stützt sich mit dem unten liegenden linken Unterarm ab. Das Band hat sie um den oben liegenden Fuß geschlungen und zieht ihn mit der rechten Hand Richtung Kopf und darüber hinaus. Dabei wuchtet sie ihre Hüfte, oder im Vergleich zu mir ihr Hüftchen, Richtung Decke. Ungläubig starre ich auf den Computerbildschirm, während sie immer noch plappert, als wäre sie bei einem Mädelsabend. Nee, denke ich. Das ist zu viel. Ich rette mich auf den Balkon und zu Zigarette Nr. 2. Auf der Straße gehen zwei Nachbarn mit ihren Hunden spazieren. Vielleicht sollte ich mir einen Hund zulegen, denke ich so.

Zurück am PC hol ich mir den Fitness Overkill durch einen Fitnessexperten namens „Frank Medrano". Der Typ hat eine Glatze, ist Veganer und scheinbar ein einziger Muskel. Das Video ist getränkt mit aufputschender Musik. Zuerst lockert er sich in Zeitlupe und kommt mir vor wie ein durchgeknallter olympischer Gott. Und dann geht es los: Als wäre es das normalste der Welt, wuchtet er erst mal einen LKW-Reifen durch sein Trainingsgelände, dann einige Szenen mit schnellem Schnitt, wie er einhändige Klimmzüge macht, sich dabei lässig die Baseballkappe auf dem Kopf verdreht oder einen Zeitlupenhandstand am Boden ausführt. Aber das reicht noch nicht, nein! Im Handstand senkt er sich dann auf seine Unterarme und drückt sich wieder hoch. Ich denke bei mir so, dass man mir Seile um die Füße wickeln und jeweils mit 2 Mann ziehen müsste, damit ich sowas schaffe.

Dann kommt wieder eine Sequenz an der Klimmzugstange. Aber er macht nicht nur Klimmzüge. Nein, er vollführt aberwitzige Kapriolen: Er hat sich hochgezogen, sein Kopf ist über der Stange, während seine Füße eine unsichtbare Treppe emporsteigen oder er auf einem nicht sichtbaren Balken geht, ohne einen Zentimeter herunterzufallen. Ich bin sprachlos. Ich kann nur mit weit aufgerissenen Augen glotzen.

Und dann kommt die Szene, die mir den Rest gibt. „Medrano" macht eine Kerze auf einer Trainingsbank. Dabei lässt er immer wieder seinen Körper Richtung Bank herab, nur um sich im nächsten Moment wieder hochzuziehen. Und dabei hält er sich nur mit einer Hand am Kopfende der Bank fest. Und dann variiert er die Übung auch noch. Im nächsten Moment sinkt sein Körper nicht herunter, es sieht aus, als ob er auch hier eine unsichtbare Treppe benutzt. Unfassbar!

Der Rest des 3 Minuten 33 Sekunden-Videos

sehe ich wie durch einen blutroten Nebel. Ich fange an zu hyperventilieren, meine Muskeln bekommen Muskelkater beim bloßen Zusehen. Mein Körper zittert.

Ich glaube, ich werde krank - ich sollte mich besser ins Bett legen.

Waldeslust.

Das Wandern ist des Müllers Lust!
Ja, aber ich bin kein Müller, ich weiß
noch nicht mal, wie man Mehl mahlt.

… Ja. Aber kein Mensch hat je davon gesprochen, dass es des Rossbachs Lust sei! Ich hasse Wandern oder Spazierengehen. Und das schon seit frühester Kindheit. Es war in meiner Familie ein ungeschriebenes Gesetz, dass man am Sonntagvormittag spazieren geht. Und dazu boten sich in Kassel allerlei Naturschutzgebiete, Tierparks und andere Sehenswürdigkeiten an. Nach dem Frühstück machte sich die Familie ausgehfertig und der „Familienspaß" konnte beginnen. Meist gingen wir in den nahegelegenen Bergpark. Das hatte für mich zumindest den Vorteil, dass die Runde schnell vorbei sein würde. Das damalige Entenfüttern am Lac war der Höhepunkt, danach wurde brav die Runde um den Teich gedreht, unterbrochen von unzähligen „Komm da weg!" oder „Mach dir deine Hose nicht dreckig!" und „Nein, du kletterst nicht auf den Baum!" oder „Wenn du reinfällst, kannst du nass nach Hause laufen!".

Und somit entwickelte ich schon als Kind ein ambivalentes Verhältnis zum Wochenende. Auf der einen Seite: Keine Schule, mit Lego spielen, Comics lesen und lange fernsehen. Auf der andere Seite: Spazieren!

Zu meinem Pech waren meine Eltern auch noch ausgesprochene Wandervögel. Mit Freunden machten sie tagelange Wanderungen durch ganz Deutschland. Von solchen Trips kamen sie immer sehr erschöpft, aber glücklich nach Hause. Bei mir blieb's nach solchen Spaziergängen bei der Erschöpfung. So kam es für mich dann auch einer Drohung gleich, als mein Vater verkündete: „Nächstes Jahr machen wir einen Wanderurlaub in die Alpen!" Zum Glück konnte sich da immer wieder seine Frau durchsetzen. Es ging entweder nach Italien an den Strand oder in die Heimat meiner Mutter, in den Westerwald.

Leider wurden auch rund um Kassel die Wanderungen immer größer. Und ganz fürchterlich war es, wenn sich am Startpunkt solcher Spaziergänge / Wanderungen ein Abenteuerspielplatz befand. Klein-Frank konnte in solchen Momenten eine unglaubliche Leistungsbereitschaft zeigen. Nur irgendwann war es vorbei mit Schaukeln, Rutschen oder Seilbahn. Die Erwachsenen konnten ihren Bewegungsdrang nicht mehr unterdrücken und zogen wie junge Hunde an der Leine, wenn sie den Baum der Begierde sahen. Was bleibt einem Kind dann anderes übrig, als den Klügeren zu mimen und nachzugeben? Und nach ein paar gelaufenen hundert Metern konnten sich meine Eltern nicht mehr zurückhalten, schauten mit glückseligen Gesichtern in die Runde und sagten: „Ist das nicht schön hier? Die gute Waldluft! Und jetzt atmet mal alle t – t – i – i – i – e – e – f – f ein. Das ist gesund!" Also blieb das Wanderrudel Rossbach - zwei Erwachsene und vier Kinder - für einen Moment stehen und pumpten Luft in ihre Lungen, als ob es um ihr Leben ging.

Vom medizinischen Standpunkt aus ist diese Atemanweisung Blödsinn. Die Lunge hat ungefähr die Form eines Vierecks mit oben stark abgeflachten Kanten. Die Luft strömt ungefähr mittig in das Gebilde. Wenn man jetzt also Luft TIEF einatmet, dann wird hauptsächlich der untere Teil der Lunge belüftet. Die Mitte und der obere Bereich gehen leer aus. Man sollte also nicht versuchen tief zu atmen, sondern darauf achten, dass die Lunge sich sowohl im Brust- als auch Bauchbereich gleichmäßig hebt und senkt. Notfalls kann man die Hände zu Hilfe nehmen und den Vorgang überprüfen. Das ist umso wichtiger, da in späteren Jahren die Brustwirbel und das Brustbein ihre Elastizität verlieren und der obere Bereich der Lunge, gerade bei älteren Mitmenschen, kaum mehr belüftet wird.

Aber ich befürchte, meine Eltern glauben mir erst dann, wenn ihnen ein Lungenfacharzt meine Ausführung bestätigt.

Irgendwann war ich dann in dem Alter, in dem ich mich erfolgreich den „Spaziergeh-

Attentaten" meiner Eltern entziehen konnte. Und streckenweise sogar freiwillig spazieren ging. Das hing aber nicht mit meiner plötzlich entdeckten Liebe zur Natur zusammen, sondern eher mit meiner erwachenden Zuneigung zum weiblichen Geschlecht. Ich hatte noch keine eigene Wohnung, zum eigenen Wagen war es auch noch weit - also wo sollte man hin, wenn man mit der Holden allein sein wollte? Zum Glück gab es den Bergpark, den Habichtswald und andere erreichbare Naturschauplätze. Allerdings hielt die Freude an dieser Lustwandelei nie lange an. Entweder wollte die Angebetete nichts von meinen Liebesbeteuerungen wissen - warum sollte man dann noch spazieren gehen, oder die Auserwählte gab sich mir hin - warum sollte ich mich dann der Natur hingeben?

Die seltsamsten Spaziergänge und Wanderungen unternahm ich bei der Bundeswehr. Allerdings heißen hier die Spaziergänge „Marsch", liegen selten unter 5 Kilometern und es kommt auf die Zeit an und nicht auf die schöne Natur. Ich nahm es am Anfang sportlich. Wer weiß, ob mich Marschgepäck und Maschinenpistole nicht zu ungeahnten Leistungen anspornten?

Sie taten es nicht! Spätestens die Blasen an den Füßen vermiesten mir diese Aktivität schon sehr bald. Außerdem konnte ich den Sinn überhaupt nicht einsehen: Ich war Fahrer eines Kampfpanzers! Ich sollte doch eher durchs Gelände fahren und mich nicht zu einem Sträucherexperten entwickeln! Und so hatte auch die Bundeswehr versagt, mir die Schönheiten der Natur näherzubringen.

Inzwischen hab ich eine Kamera und meine Freundin nutzt diesen Umstand gnadenlos aus. „Lass uns doch mal spazieren gehen, du kannst doch dabei Bilder schießen!" Den Umstand des „Spazierengehens" verbindet sie dann auch gleich mit Geocachen. Und wenn sie mich dann von der Sicherheit meines Schreibtischsessels weggelockt hat, passieren zwei Dinge gleichzeitig:

1. Die beste Freundin von allen legt beim

Spazieren ein Tempo vor, das jedes Rennpferd vor Neid erblassen lässt. Meine hilflosen Versuche, diesem „Spazieren-Rennen" ein Ende zu setzen, münden in dem atemlosen Satz: „Ich bin doch nicht auf der Flucht!"

2. Mit dem Handy vor der Nase stapft sie durch die Natur und interessiert sich mehr für mögliche Verstecke der Petlinge. Für Nichteingeweihte: Das sind die Röhren, in denen die Logbücher der Caches lagern.

Gegen ihr Lauftempo beim Spazierengehen hab ich ein einfaches Mittel gefunden: Ich bekam einen Herzinfarkt! Jetzt musste sie sich meinem Tempo anpassen. Gegen das Geocachen komme ich aber einfach nicht an. Wenn ich ihr sage, sie solle doch mal die schöne Natur genießen und tief durchatmen, das ist doch so gesund, bekomme ich meist zur Antwort:

„Ich will wenigstens noch die 200 Caches zusammen kriegen und außerdem sagst du doch, dass „tief einatmen" sowieso falsch ist!"

... und wann kommt jetzt der Teil mit dem Spaß?

Karma!

Ich würde mich ja gern auf´s
Karma verlassen. Aber
meine Liste ist wohl zu lang!

Immer wieder bekomme ich von den erweiterten Seelen in meinem Freundeskreis zu hören: „Es gibt eine ausgleichende Gerechtigkeit. Don`t worry - let Karma finish it!", wenn mir mal wieder ein Missgeschick passiert. Langsam aber sicher bin ich aber eher der Meinung, dass das Karma gerade meine Verfehlungen aus meinem letzten Leben bereinigen will. So viel Blödsinnskram, wie mir immer wieder passiert, kann man doch nur erleben, wenn man in seinem letzten Leben ein echt schlimmer Finger war.

Zum ersten Mal wurde mir das bewusst, als ich von einer Lehrerin eine Ohrfeige bekam, als Mitschüler MIR die Schultasche klauten. Wohl bemerkt - körperliche Züchtigung durch

Erziehungsberechtigte war auch Ende der 70er Anfang der 80er schon verboten. Aber es ist immer noch gute Tradition, dass die ÜBERBRINGER schlechter Nachrichten geköpft werden. Nicht die Verursacher!

Das Karma ließ sich dann ein bisschen Zeit und erst als ich das elterliche Domizil hinter mir gelassen hatte und eingezogen war in meine erste, eigene Wohnung, meldete es sich wieder. Die Heizung in der Küche funktionierte nicht so, wie sie sollte. Naja, jetzt war es eine Kleinigkeit, dem Vermieter Bescheid zu sagen und prompt bekam ich einen Anruf von einem Heizungsinstallateur. Ich schilderte mein Problem und wir vereinbarten einen Termin.

Zum Termin war auch meine damalige Freundin in meiner Wohnung. Und damit fing mein Problem eigentlich an. Sie war von Natur aus eine starke Frau. Sie hatte ihre Auffassungen und Vorstellungen und war davon überzeugt, dass Handwerker während der Arbeit nicht trinken. Natürlich war ich anderer Meinung. So nahm das Karma seinen Lauf:

Ich hatte die Heizung freigeräumt und wir

warteten auf die fleißigen Helferlein. Vorher hatte ich meine Verflossene gefragt, ob man dem Installateur einen Kaffee anbieten sollte. Als Physiotherapeut, der auch Hausbesuche machte, war ich immer froh, wenn ich was zu trinken angeboten bekam. „Nein!", war ihre Antwort. „Das macht man heutzutage nicht mehr!" Bei dem Verlauf des Gespräches musste ich prompt an meinen Erzeuger denken. Das Schicksal wollte es, dass auch er mal die Dienste eines Berufskollegen in Anspruch nehmen musste. Ich fragte ihn, ob er dem Therapeuten denn auch Trinkgeld geben würde. Er sah mich erstaunt an und sagte mir: „Das ist doch gar nicht mehr Mode."

Irgendwann klingelte es und ich führte einen Handwerker und eine Handwerkerin zum Ort der Fehlfunktion. Musste wohl was Größeres sein, wenn sie schon zu zweit kamen - befürchtete ich.

Ich schilderte nochmal kurz das Problem und fragte die beiden, ob sie einen Kaffee wollten. Er schaute mich groß an und meinte: „Nein, ich hab Wasser dabei!" Sie: „Ich trinke sowieso nur

Tee!"

Im Wohnzimmer saß meine Ex auf dem Sofa, feixte vor Vergnügen und konnte sich nicht zurückhalten mir ein: „Hab ich dir doch gesagt!" entgegenzugrinsen. Anscheinend hatte sich doch Recht, verdammt! Scheinbar war ich der Einzige, der während seiner Arbeit gern etwas Flüssiges zu sich nahm. Wie konnte das sein? Nicht nur im Fernseher sah man doch immer wieder Kaffee trinkende Handwerker und Dienstleister. Und ausgerechnet ich bekam die beiden Abstinenzler. Meine Ex hatte Recht und ich beharrte wieder auf seltsame Dinge, die sich nachher als falsch rausstellten. Meine Rechtfertigung, dass er Wasser dabei hätte und sie keinen Kaffee trank, murmelte ich sehr undeutlich in meinen Bart.

Aber das Leben geht weiter. Wir waren schon lange getrennt, als ich mal wieder die Hilfe eines Handwerkers brauchte. Und da wollte ich die Probe aufs Exempel machen. Der Handwerker kam, ich führte ihn zur Problemquelle und fragte beiläufig, ob ich ihm einen Kaffee anbieten könnte. Er strahlte über beide Ohren, sagte „Ja" und dass das mal eine Überraschung sei! Ich war zufrieden, das Schicksal hatte mir doch Recht gegeben. Noch zufriedener wäre ich gewesen, wenn meine Ex auf dem Sofa gesessen hätte und den Dialog mitbekommen hätte. Aber da hat sich das Karma dagegen entschieden.

Liebe Exfreundin, solltest du mal in die Verlegenheit kommen, diese Zeilen zu lesen: Auch Dienstleister freuen sich über Aufmerksamkeiten!

Solche Dinge können doch passieren, höre ich Sie sagen? Ja, da haben Sie Recht. Aber bei sowas ist es wie Gift: Die Menge macht´s.

Wie wäre es mit einer Zahnarzt-Geschichte? Es war mal wieder soweit, es ließ sich nicht mehr herauszögern, einer der unteren Schneidezähne baumelte neben seinen Kollegen und wurde nur noch durch eisernen Willen und äußerst vorsichtiges Essen gehalten. Also ab zum Zahnarzt. Der Befund war äußerst erschütternd. Es stellte sich heraus, dass nicht nur der eine Zahn in Rente wollte, mehrere andere hatten sich dem Begehr des Einen angeschlossen. Und damit ich im Spiegel nicht in eine Ruinenlandschaft grinsen würde, sollte ich eine Brücke bekommen. Dafür sollten die schlechten Zähne raus, Provisorium drauf und später könnte ich dann wie gewohnt durch die Gegend lächeln. Allerdings musste ich dazu mehrere Sitzungen durchstehen. Im Verlauf der Behandlung kam es dann zu dieser kleinen Episode:

Ich hatte einen Termin nach der Arbeit ausgemacht und auch meine Zahnärztin drauf hingewiesen, dass ich anschließend noch Auto fahren musste. Das wäre gar kein Problem, ich würde dann nur eine leichte Betäubung bekommen. Mein Körper wollte bei ihren Worten schon die Flucht ergreifen, doch mein Geist hielt ihn zurück. Während der Behandlung entdeckte meine Ärztin auch noch größere Baustellen und zwei der betroffenen Zähne verließen noch früher als gedacht, nämlich jetzt, die Veranstaltung. Die Ärztin hielt es nicht für notwendig, meine Betäubung zu erhöhen

(„Sie wollen ja noch Auto fahren!") und mir wurde aufgetragen, noch mindestens 30 Minuten mit dem Fahren zu warten.

Jetzt weiß jeder, der mal beim Zahnarzt einen Zahn gezogen bekam, dass man danach nicht so gut sprechen kann. Ich war froh, dass ich einigermaßen gesittet meinem Laster frönen konnte und setzte mich in meinen Wagen und fuhr nach Hause. Und scheinbar war das der Augenblick, in dem sich das Karma an mich erinnerte und meinte, dass es mal wieder an der Zeit wäre, eine meiner Verfehlungen zu tilgen. Und außerdem fährt man nicht mit dem Auto, wenn man beim Zahnarzt war:

Ich kam natürlich in eine Polizeikontrolle. Der Beamte kam an mein Fahrzeug, fragte höflich nach Führerschein und Kfz-Papieren. Ich lallte, während ich nach meinen Papieren suchte, dass ich undeutlich sprechen würde, weil ich vom Zahnarzt käme.

„So so, … Zahnarzt.", meinte mein Freund und Helfer. „War es schlimm?"

Ich versuchte zu antworten und merkte dabei, dass ich nervös und sehr undeutlich sprach. Das merkte der Polizist wohl auch. Und scheinbar wägte er ab, ob ich wirklich beim Zahnarzt war oder in der Kneipe! Nach ein paar Augenblicken sagte er:

„Steigen sie doch mal aus." Ich wusste im ersten Moment gar nicht, wie ich reagieren sollte. Todesmutig hatte ich mir zwei Zähne ziehen lassen und sollte jetzt verhaftet werden?

„Ich waa wörklöch bain Sahnarzt …!", stammelte ich.

„Ja, natürlich."

Selbst als ich ihm die Löcher in meinem Mund zeigen wollte, hatte die Obrigkeit kein Einsehen und wollte auch keine Gnade vor Recht ergehen lassen.

„Sind Sie mit einem Alkoholtest einverstanden?"

Hier stand ich also: Ich, der ich im Alter von 18 meinen ersten und einzigen Filmriss meines Lebens aufgrund Alkohols gehabt hatte, der kein Bier und Wein trank, weil es ihm nicht schmeckte. Der sich schon von der Mutter eines Freundes zu Silvester anhören durfte, dass er kein Mann wäre, weil er keinen Sekt trinken wollte. Der bei wochenendlichen Veranstaltungen immer als Fahrer fungierte, weil er ja sowieso keinen Alkohol trinkt. Der heutzutage noch eine Gänsehaut bekommt, wenn er hört: Lass uns mal ein Bier trinken! Hier stand ich und musste eine Alkoholkontrolle über mich ergehen lassen, weil ich beim Zahnarzt war. Ich hätte schreien können. Stattdessen musste ich blasen. Und ich blies und blies und blies! Und was kam raus? Wie erwartet: Nichts! Der Polizist schaute immer wieder mich und dann sein Auswertungsgerät an, so als ob er überlegte, ob ich nicht irgendeinen Trick gefunden hätte, die Staatsgewalt zu überlisten. In der Innentasche meiner Jacke fiel mir der Terminzettel der Zahnärztin in die Hand. Wortlos reichte ich ihn dem Auge des Gesetzes. Er sah sich den Zettel an, gab ihn mir mit den Worten:

„Sie sollten nicht Auto fahren, wenn Sie beim Zahnarzt waren!"

zurück. Ich wollte zu einer Tirade ansetzen, über die Wahrheit MEINER Aussage, über die Tugenden MEINER Bürgerpflicht und über MEIN

Bekenntnis zur Demokratie. Ich ließ es bleiben, ich hörte mich ja immer noch wie ein Betrunkener an. Ich nuschelte ein „Kann ich jetzt gehen?" Der Polizist drehte sich wortlos um und verschwand in seinem Streifenwagen.

Ich glaube, die Geschichte macht immer noch ihre Runden bei irgendwelchen Polizeiweihnachts- oder Gewerkschaftsfesten. Danke Karma!

Und so schaltet sich Karma immer wieder in meinem Leben ein und nicht auf die Weise, wie meine Freunde mir das so prophezeit haben. Es läuft alles wunderbar und schon passiert etwas, bei dem ich denke: Das kann doch nicht wahr sein. Das kann auch nur mir passieren. Und manchmal ist es besonders lustig, wenn es zum Beispiel von so einer Situation einen Nachschlag gibt:

Seit ein paar Jahren wohne ich jetzt auf dem Dorf. Das ist für mich schon eine Umstellung. Ich bin eher ein Stadtkind. Aber es bleibt dann nicht aus, dass man auch im Dorf einkauft. Und so war ich im hiesigen Einkaufsladen, der mit dem Slogan „Wir lieben Lebensmittel" wirbt. Ich hatte meinen Einkauf gemacht und stand an der Kasse. Die Rechnung betrug 16,56 Euro und ursprünglich wollte ich ein bisschen Kleingeld loswerden. 15 Euro hatte ich in Scheinen schon hingelegt und versuchte 1,56 Euro zusammenzubekommen. Eine kurze Durchsicht erbrachte keine genaue Begleichung meiner Schuld. 1,50 Euro hatte ich schon in der anderen Hand zusammen und jetzt ich wollte eine 2 Euro-Münze zum Zahlen dazulegen. Aber die Kassiererin war schneller. Sie sagte: „Zeigen Sie mal her!" und dann murmelte sie ständig: „Das klappt doch, das klappt doch", griff in meine Hand und suchte sich nochmal 2,50 Euro zusammen. Meinen Einwurf, dass ich hier doch schon 1,50 Euro bereit hatte, ignorierte sie gekonnt. Viel zu sehr war die Verkäuferin damit beschäftigt, sich ihr Geld aus meiner Hand herauszuklauben. Ich war verblüfft. Da stand ich nun an der Kasse des Dorfladens und eine fremde Frau fummelte an meiner Hand herum. Die Schlange war heute lang. Alle starrten mich an. Ungeduld und Reizbarkeit im Blick. Der

Depp aus der Stadt bekommt keine 16,56 Euro allein zusammen. Erst die Kassiererin musste ihm zeigen, wie das ging. Unglaublich - Und dann hielt der auch noch alle auf! Der Vorgang dauerte jetzt schon länger, als wenn ich die 2 Euro stillschweigend zu den restlichen 15 Euro gelegt hätte. Aber die Verkäuferin war in ihrem Element. Irgendwann beendete sie den Plünderzug über meine Handfläche und brachte das Erbeutete in die Sicherheit ihrer Kasse. Vom Gefühl her hatte ich genug und wollte nur noch die Flucht ergreifen. Aber halt: Vielleicht bekam ich ja noch Rückgeld. Ich hatte sowieso den Überblick verloren. Und siehe da: Die Guteste sortierte das Geld ein und ich bekam einen Euro zurück. Demonstrativ langsam steckte ich ihn ein. Einen schönen Tag bekam ich nicht mehr gewünscht.

Aber auch hier drängte das Karma auf Wiederholung. Eines Tages musste ich leere Plastikflaschen zurückbringen. Leider waren beide Leergutapparate voll. Na gut, dachte ich mir - sagst du einfach mal Bescheid. Von einem vorauseilenden Kundenservice war sowieso keine Spur. Ich begab mich also Richtung Kasse und wen sah ich? Meine kleingeldsüchtige Kassiererin. Zuerst wollte ich so tun, als würde ich normal einkaufen. Ich wollte mich mit dieser Frau nicht nochmal auseinandersetzen. Doch dann ritt mich der Teufel. Ich rief ihr freundlich laut zu: „Die Leergutrücknahmegeräte sind voll. Könnten Sie bitte mal Bescheid sagen?" Ich bin mir 100%ig sicher: Aus ihren Augen schlugen Funken und Blitze. Sie schaute mich mit der gleichen ausgewählten Freundlichkeit an, wie ein Kleingärtner einen Kartoffelkäfer. Ich wollte vor dem Karma aber nicht wanken und schmetterte ein lautes: „Ich danke Ihnen und allzeit Gottes Segen!" Dann drehte ich mich um und ging.

Seitdem warte ich. Das Karma wird es nicht einfach so hinnehmen, dass ich ihm trotzte. Vermutlich stolpere ich demnächst wieder über die Teppichkante und verziere dann die Wand mit Kaffee. Oder werde von Frauenrechtlerinnen zusammengeschlagen, weil ich bei Begrüßungen wieder darauf bestehe, zuerst die holde Weiblichkeit zu

begrüßen. Egal, was es sein wird: „Don`t worry
- Karma will finish it!"

Für Einkaufszettel, Notizen oder einfach nur zum Rumkritzeln – gern geschehen!

Vom Rumzuppeln.

Zuviel Information kann zu Handgreiflichkeiten
führen. Zuwenig zu häuslichem Frieden!

Ich bin mir nicht ganz sicher, aber ich glaube, dass ich an einem bestimmten Punkt in meiner Beziehung mal wieder die Fähigkeit verloren habe, mich selbstständig anzuziehen.
Früher musste ich sie mal besessen haben. Doch, bestimmt! Ich kann mich erinnern, dass ich auch mal Single war und da musste ich mich ja auch alleine anziehen, da zuppelte niemand an mir rum. Aber seitdem ich wieder in einer Beziehung bin, scheinen meine Fähigkeiten, mich angemessen zu kleiden, mit der Zeit wieder verkümmert zu sein.
Als Kind war es das Vorrecht meiner Mutter, solange an meiner frisch angezogenen Kleidung herumzuzuppeln, bis mein Äußeres Gnade vor ihren Augen fand. Es wurde am T-Shirt gezogen, an der Jeans gezupft und ab und zu auch an den

Socken gezerrt. Und das ohne Vorwarnung. Vielleicht noch, während sie sich mit ihrem Mann über den Gesundheitszustand von Hasens Tante Lina unterhielt. Da fühlte man sich dann unsanft gepackt, förmlich nach links und rechts geschleudert, bis sich der Körper dem Kleidungsstück angepasst hatte und wie sich das meine Mutter so vorstellte. Mitunter sogar in der Öffentlichkeit und wollte man sich dem mütterlichen Ordnungssinn widersetzen, bestand die Gefahr, dass sie handgreiflich wurde. Das muss so etwas wie ein vererbter weiblicher Reflex mütterlicherseits sein - dachte ich. Die Schwester meiner Großmutter machte das nämlich auch gern. Ich habe es gehasst.

Aber ich wurde älter und schaffte es irgendwann, der zuppelnden Hand meiner Mutter zu entgehen oder ihre modischen Vorstellungen vorauszuahnen. Dann beschränkte sich die „hilfreiche" Modeerziehung auf wertvolle Tipps, wie:

„Musst du unbedingt Turnschuhe zum Anzug

tragen?" Oder:

„Dein Hemd stinkt, du brauchst ein frisches!"

Ein bisschen mehr Entscheidungsfreiheit genoss ich, als ich für ein Jahr als Austauschschüler nach Amerika ging. Aber selbst dort bekamen meine Gasteltern genaue Anweisung, welche Kleidung wann und warum gekauft werden sollte. Der modebewusste Arm meiner Mutter reichte selbst über den großen Teich. Und meine Gastmutter zuppelte auch prompt an der frisch gekauften und angezogenen Wintergarderobe herum!

Aber: Vermutlich ist das Rumzuppeln an Sohn, Freund und Ehemann im genetischen Code der Frau verankert. Denn die Wissenschaft hat ja festgestellt, dass der Mann nur deshalb bei einer Erkältung so jammert, weil alle Abwehrinformationen, die der Körper braucht, im fehlenden Arm des männlichen Y-Chromosoms sitzen. Und könnte da nicht auch die Anweisung drinstecken: „Mann - neue Kleidung - sitzt schlecht - zuppeln - Ausführung! Wer weiß?!

Dann wurde ich endgültig in die Fashion-

Unabhängigkeit entlassen, ich zog aus. Dafür durfte ich mich jetzt mit anderen Problemen herumschlagen. Bei wie viel Grad wäscht man bestimmte Pullover, warum bügelt sich ein Hemd nicht selbstständig und warum sieht es bei mir immer aus, als ob eine Horde marodierender Orks durch die Wohnung gezogen ist? Aber, es zuppelte keiner mehr an mir rum.

Natürlich probierte es meine Mutter weiterhin, wenn ich zu Besuch kam. Aber inzwischen war ich zu alledem auch noch bundeswehrgeschädigt. Auch da zuppeln fremde Männer an einem herum. Zwar wird man vorher gefragt, die Zuppelei danach ist dafür umso ruppiger.

Bei meiner Mutter setzte also wieder dieser automatische Reflex ein: Sie tat einen Schritt in meine Richtung, ihre Hände kamen meinem T-Shirt bedenklich nahe. Es geht wieder los, dachte ich.

Instinkt des Gejagten? Bevor ich überhaupt mitbekam, was geschah, machte mein Körper selbstständig einen Schritt nach hinten und meine Hände fuhren zur Abwehr in die Höhe. Sollte meine Bundeswehrzeit doch für etwas gut gewesen sein? Meine Mutter schaute mich erstaunt an. Das hatte sie wohl auch noch nicht erlebt. Mein Vater hatte vor Jahren den Zuppelwiderstand resigniert aufgegeben und mein älterer Bruder war, aus geographischen Gründen, noch seltener zu Hause als ich. Sie ranzte mich an:

„Dann zieh dein T-Shirt mal ein bisschen höher. Du siehst aus wie Bloßarsch-Grün!"

Bis heute weiß ich nicht wer dieser Herr Bloßarsch Grün ist. Aber ihm gilt mein gesamter Vorrat an Mitgefühl und Bedauern. Meine Mutter führte diesen Herrn immer wieder an, wenn irgendetwas gegen ihr Modebewusstsein verstieß und der Verstoßende sich der mütterlichen Hilfe widersetzte.

Es kam eine Zeit des unfreiwilligen Zölibats. Meine Anziehungskraft aufs weibliche Geschlecht schien versiegt und ich hatte mich schon damit abgefunden als verbitterter Tattergreis zu enden, der nur noch von der

„guten alten Zeit" schwärmt und über die Jugend von heute schimpft. Aber das Schicksal wollte es anders. Ich traf Anja.

Anja und ich harmonieren. Zwar nicht in allen Dingen. Eigentlich bei den wenigsten Themen und ehrlich gesagt sind die Gebiete, in denen wir nicht einer Meinung sind, wesentlich mehr. Aber in den großen Themen herrscht Einigkeit:

- Wenn ich denn unbedingt rauchen will, darf ich das auf dem Balkon!
- Meine Art Musik zu hören ist einfach zu laut!
- Tupperware kann man nicht genug haben und sollte ich anderer Meinung sein, dann behalte ich das doch bitte für mich!

Und noch ein Gebiet gibt es, bei dem wir uns uneins sind: Mode. Wie es sich für eine Beziehung gehört, wurde meine Kleiderwahl nicht offen kritisiert. Keine Antwort oder ein „Grunzlaut" auf meine Frage, ob ich so weggehen kann, reicht mir als Antwort um zu erkennen, dass ich kleidertechnisch mal wieder voll daneben liege. Vermutlich wieder viel zu viel 80er oder 90er. Verdammt! Also ziehe ich mich um.

Wenn ich dann mal genauer nachfragte und auf einer Antwort beharrte, bekam ich die auch. Allerdings hätte mir vorher klar sein müssen - ich bin ein Kind der 80er. Meine Freundin war zu diesem Zeitpunkt tatsächlich ein Kind und hat somit überhaupt keine nostalgischen Gefühle für Kleidung der 80er. Ich fügte mich dem Schicksal, verbannte am Anfang unserer Beziehung meine alten Klamotten im Keller oder bei der Kleidersammlung und zog das an, von dem ich glaubte, es würde vor den Augen meiner neuen Regierung Gnade finden. Modische Kritik meinerseits lässt sie wie Wasser an sich abperlen. Ihre rhetorische Allzweckwaffe: „Alle meine Freunde sagen, das sieht gut an mir aus!"

In den Momenten merke ich: Du weißt gar nichts, Frank Snow!

Gefährlich wurde es, als Anja in guter weiblicher Manier bei einer Outfitvorführung kritisch guckte, auf mich zukam und anfangen wollte, an mir herumzuzuppeln. Ich schaute sie böse an und sagte ihr:

„Wehe, du zuppelst an mir rum! Du kannst mir sagen, wenn irgendwas nicht richtig sitzt, ich kann das dann selbst richten. Ich bin nämlich schon groß."

Anja war leicht pikiert, beugte sich aber meinem Wunsch und gab mir mündliche Anweisungen. Seitdem hat sie nicht wieder versucht, an mir rumzuzuppeln und ich überlegte:

„Es muss doch die Genetik sein. Wenn meine Freundin mir in schlecht sitzender Kleidung gegenüber steht, mache und sage ich gar nichts! Häuslicher Friede ist ja sowas Schönes!"

Nemesis.

Er wird mich verfolgen. Und
wenn ich es tausendmal sage!
Und immer wieder wird mir irgendjemand sagen:
„Es gibt sooo tollen Fisch!"

Hatte ich es schon mal gesagt? Ich mag keinen Fisch! Zumindest wenn ich ihn essen soll. Wenn ich ihm zuschauen kann, wie er lustig in der Natur oder einem großen Aquarium herumschwimmt, ist alles wunderbar. Aber wenn ich ihn essen soll - streike ich. Seit der großen Schellfischplage von 1970 will ich einfach nicht mehr. Alle drei Tage stand dieser Fisch bei uns auf dem Tisch. Weil er ja so gesund ist! Ob das auch für die Unmengen an Buttersoße galt, in denen der Fisch schwamm? Schellfisch wird mit Gräten serviert. Zu Anfang bekam Klein-Frank die Gräten noch entfernt, später musste er sehen, wie er damit klarkommt. Nicht nur, dass ich immer nur kleinste Brocken Fisch auf der Gabel hatte, ich musste auch höllisch aufpassen, dass ich nicht doch eine Gräte übersehen hatte, die mir dann in der Speiseröhre stecken bleiben würde und dann wäre es das gewesen. Essen, das dich umbringen will, dachte ich damals - toll. Und abgesehen davon schmeckte er mir einfach nicht. Das war damals aber kein Argument für Klein-Franks Mama. Und so kultivierten der Fisch und ich unsere gegenseitige Abneigung.

Einzig Fischstäbchen lasse ich gelten. Fischstäbchen mit Kartoffelpüree und Gurkensalat, das war eins meiner liebsten Kindheitsessen. Dieses Geständnis sorgte später dafür, dass meine Freundin verzweifelt den Kopf schüttelte, die Hände in die Höhe stieß und sagte: „Das ist doch auch Alaska-Seelachs! Lass uns doch mal richtigen kaufen - ich paniere ihn dir auch!" Meine diplomatische Antwort: „Wenn du Lust auf Fisch hast - mach ihn dir. Ich hab noch ein paar Bratwürste eingefroren!" Zumal die wenigsten Fischstäbchen etwas mit dem Alaska-Seelachs zu tun haben. Ungefähr genauso viel wie ich mit einem Spitzensportler. Was im Fischstäbchen verarbeitet wird ist nämlich der Gadus chalcogrammus, der pazifische Pollack. Und der hat tatsächlich etwas mit dem Alaska-Seelachs gemein: Er lebt im Wasser! Und das war es schon. Der Pollack gehört nämlich zur Familie der Dorsche. Und der andere Kollege ist nun mal ein Lachs. Keiner käme auf die Idee, Pferd und Schwein für die gleiche Art zu halten, nur weil sie vier Beine haben. Kapitän Iglo, du hast mich angelogen!

Ein kurzes Zwischenspiel gab es, als ich ausgezogen war. Mein Vater bat um Hilfe, da es im Haus etwas zu renovieren gab. Mein erster Gedanke, dass er sich mit mir ja den Richtigen ausgesucht hatte, weil ich von Heimwerken genauso viel verstand wie von Atomtheorie, behielt ich für mich. Meine Mutter hatte einen großen Topf Spaghetti gekocht, da auch mein älterer Bruder zum Helfen eingespannt wurde. Ich freute mich, die Spaghetti meiner Mutter sind großartig. Sie hatte die Soße und Fleisch unter die Nudeln gerührt und ich hatte mir einen vollen Teller genommen. Spaghetti à la

Mama - es gibt nicht besseres. Und biss herzhaft auf ein Stück Fleisch. Meldung von den Geschmacksrezeptoren zum Kleinhirn und das Kleinhirn schlug sofort Alarm. Das war kein Fleisch! Ich zwang mich, dieses noch nicht identifizierte Stück „Fleisch" (?) runterzuschlucken und auf dem Teller ein anderes „Stück Fleisch" (?) zu obduzieren. Siehe da, das war kein Huhn, Rind oder Schwein! Das war eine Krabbe. Eine mit Tomatensoße vermischte Krabbe. Ein Tier, das ins Meer gehörte und nicht auf meine Nudeln. Auch nicht mit Parmesan. Ich sagte gar nichts, legte aber Gabel und Löffel auf den Teller und schob ihn von mir. Meine Mutter fragte:

„Was ist denn mit dir?"

„Nichts, ich möchte das nur nicht essen!"

Empört schaute mich meine Mutter an:

„Warum nicht?"

„Weil da Fisch drin ist und ich mag keinen Fisch!"

„Gar nicht!", sagte meine Mutter. „Das sind Krabben!"

„Mir schmeckt es trotzdem nicht - das werde ich

ja wohl sagen dürfen!"

Tödlichst beleidigt schwieg meine Mutter. Etwas Schlimmeres hätte ich wohl kaum sagen können. Vermutlich würde sie nie wieder für mich kochen!

Aber trotzdem wäre ich dem Fisch beinahe wieder ins Netz gegangen. Weil ich zu viel Vertrauen in die Menschheit hatte. Es war an meinem 40sten Geburtstag und ich wollte diesen in Ruhe mit meiner Freundin verbringen. Meine Eltern hatten eine Ferienwohnung auf Sylt gemietet und ich fragte, ob wir für das Wochenende vorbeikommen könnten. Natürlich! Es war ein wunderbares Wochenende. Zwar war es leicht stürmisch und die Sonne hatte auch frei, aber damit muss man an der Küste rechnen. Wir ließen Drachen steigen, gingen ins Westerländer Wellenbad und meine Freundin konnte ihrer Lust nach Fisch nachgehen. Ich wusste ja, wo in Westerland McDonalds war. Schon am Morgen meines Geburtstages hatte mir meine Mutter eröffnet, dass wir am Abend zu Gosch nach List fahren würden. Wer Gosch nicht kennt, das ist sowas wie eine Mischung aus Restaurant und Vergnügungspark und Einkaufsmeile. Zumindest damals, als ich 40 wurde.

Meine Freundin schaute erst meine Eltern und dann mich fragend an. Ich deutete ihr wortlos zu schweigen. Als wir nach dem Frühstück aufbrachen um die Insel zu erkunden, fragte mich meine Freundin, warum ich nichts gesagt hätte. Ich schaute sie an und belehrte sie:

„Das sind meine Eltern, die kennen mich seit 40 Jahren, die werden ja wohl wissen, dass ich keinen Fisch esse!"

Meine Freundin überlegte kurz und entschied dann, zu schweigen. Es wurde ein schöner Tag. Ich konnte meiner Lust nach Museen nachgehen, wir aßen zu Mittag in einem sündhaft teuren Restaurant (wobei man sich fragen darf, was auf Sylt NICHT teuer ist) und spazierten am Strand. Am späten Nachmittag kamen wir zurück und bereiteten uns darauf vor, nach List zu fahren. Dem Augenkontakt mit meiner Freundin konnte ich entnehmen, dass sie meine Eltern immer noch fragen wollte, ob ihnen meine „Fischunlust" bekannt war. Ich war immer noch davon überzeugt, dass wir wohl schon nach List fahren würden, aber nicht unbedingt zu Gosch. Das Ganze war wohl ein abgekartetes Spiel, ein sogenannter „Witz" meiner Eltern.

Aber kurz bevor wir losfahren wollten, stellte meine Freundin meine Eltern zur Rede:

„Sagt mal, ihr wisst schon, dass euer Sohn keinen Fisch isst?"

Meine Mutter schaute von ihrer Talkshow, die im Fernseher lief, abrupt zu Anja und dann zu mir, mein Vater ließ wortlos seine Zeitung sinken. Meine Mutter fragte mich vorwurfsvoll:

„Seit wann isst du keinen Fisch?"

„Mutter, seit ungefähr 40 Jahren!"

„Du hast aber doch auch früher Fisch gegessen?"

„Ja, stimmt, aber nur weil ich als Kind keine Chance hatte euch zu sagen, dass ich ihn nicht mag!" Ich imitierte meinen Vater:

„Es wird gegessen, was auf den Tisch kommt!", sagte ich energisch.

Mein Vater schaute mich fassungslos an und sagte:

„Da musst du 40 Jahre alt werden, nur damit ich erfahre, dass du keinen Fisch magst?"
Ich flüsterte ihm zu:
„Denk mal drüber nach!" Ich bin mir aber nicht sicher, ob er mich hörte.

Wir fuhren trotzdem nach List. Schließlich war ich mit drei Fischliebhabern zusammen, die nicht auf ihren Omega3-Genuss verzichten wollten. Aber wir fanden ein Restaurant, das auch Fleisch servierte. Ich hatte ein wunderbares Rumpsteak, während meine Begleitung mit ihren Doraden kämpfte.

Die Moral von der Geschichte: Wenn du etwas nicht magst, wiederhole es zu allen passenden und unpassenden Zeiten, sonst heißt es nachher noch, du magst es.

... und es kann noch so gesund sein!

Ein abendlicher Besuch.

Wenn es Gott gibt, wer hätte dann kein Interesse
daran, mal den Herrn von allem, was es gib,t ins
Kreuzverhör zu nehmen?

Irgendwie war es ein seltsamer Tag gewesen. Ich hatte einen Migräneanfall, der erst spät am Abend besser geworden war. Da ich den ganzen Tag nur von Wasser gelebt hatte, versuchte ich am Abend mein Hungergefühl auf einen Schlag zu lösen - gefolgt von einer weiteren Dosis Ibuprofen. Die Idee war bestimmt nicht meine Beste. Mit rumorendem Magen fiel ich in einen unruhigen Schlaf. Als ich dann nach ein paar Stunden aufwachte, um zur Toilette zu gehen, sah ich im Wohnzimmer Licht. Meinen Harndrang vergessend ging ich zum Wohnzimmer. Auf meiner Couch saß ein älterer Mann mit leichtem Bauchansatz in Freizeitkleidung.

Mann: „Hallo Frank. Ich glaube, wir sollten uns mal unterhalten."

Ich: „Wer sind Sie und was machen Sie in meiner Wohnung…?"

Mann: „Tja, das ist jetzt für dich nicht so einfach zu begreifen. Ich bin Gott und wollte mal sehen, wie es dir so geht."

Was macht man in so einem Fall. Eigentlich wollte ich die Polizei rufen und mich selbst für verwirrt erklären. Der Mann sagte:

„Jetzt versuch mal ruhig zu bleiben, nimm dir ein Glas Wasser und setz dich."

Ich entschloss mich dazu zu denken, dass ich noch am Träumen war und entschied, dass in Träumen alles möglich war. Auch der Besuch von Gott. Ich setzte mich und so entstand dieses Gespräch:

Ich: „Wie spreche ich Sie an? Großer Schöpfer, Eure Heiligkeit, lieber Gott?"

Gott: „Hm, die Frage ist immer sehr interessant.

Ich hab euch Menschen ja alle nach meinem Ebenbild geschaffen. Du könntest mich also Frank nennen. Oder Hellmuth. Bei den anderen Bezeichnungen fühle ich mich immer ein bisschen unwohl!"

Ich: „Warum?"

Gott: „Na, die anderen Bezeichnungen sind ja eher Tätigkeitsbeschreibungen."

Ich: „Äh ja… wie ist denn Ihr richtiger Name?"

Gott: (zögernd) „Weißt du, das ist ein Problem. Wenn man so alt ist wie ich, neigt man dazu, Dinge zu vergessen. Nenn mich doch einfach Hellmuth!"

Ich: Ok, gut. Dann Hellmuth. Ich wollte nochmal sagen, dass es für mich eine außerordentliche Ehre ist, ausgerechnet mit Ihnen zu reden, großer Gott… äh …Hellmuth!"

Gott: Oh bitte! Wir sind hier doch nicht in der Kirche! Diese ewige Lobhudelei geht mir echt auf die Nerven. Kaum hat man sich jemandem offenbart, geht's los. Das ist Gott, der, der alles erschuf, alles weiß und so weiter. Und nebenbei kannst du jeden Tag mit mir sprechen, wenn du willst!"

Ich verfiel einen Moment in Schweigen. Das nahm mein Gegenüber zum Anlass, weiterzureden:

„Ihr Menschen seid schon sonderbar. Überall nehmt ihr Erneuerungen vor. Innovationen und Verbesserungen. Nur mit mir redet ihr, als ob ich im frühen Mittelalter stehengeblieben wäre. Es ist ja ganz schön, einiges an Traditionen zu wahren, aber manchmal wünschte ich mir, ihr würdet mich nicht auf so einen hohen Sockel stellen!"

Ich: „Aber Sie sind schließlich Gott. Der Erschaffer von allem was ist und was uns umgibt."

Gott: (schmunzelnd) „Lass das nicht die Moslems oder die Hindus hören! Nein, jetzt mal im Ernst. Gut, ich hab das alles erschaffen und auch gut, ich wollte da gern mal ein „Danke" von euch hören. Aber ich will nicht, dass ihr zur Salzsäule erstarrt, wenn ich mal um die Ecke komme. Das hatten wir schon und wer will schon ständig Wiederholungen?"

Ich: „Gut, dann eine ganz andere Frage: Wie

war das so, als Sie die Welt erschaffen hatten? Das muss doch wahnsinnig anstrengend gewesen sein!"

Gott: „Ja, damals hab ich mich ziemlich ins Zeug gelegt. Es sollte ja mein Meisterstück werden. Allerdings hat es mir auch einen sehr langwierigen Muskelkater im rechten Bizeps eingebracht! Wenn ich daran denke, wen ich damals alles aufgesucht habe, um den in den Griff zu kriegen."

Ich: „Aber den hätten Sie doch auch selbst heilen können?"

Gott: „Stimmt, aber ich wollte eine zweite Meinung."

Ich: (ungläubig) „Also sind Sie nach der Weltenerschaffung erstmal in eine Reha gegangen?"

Gott: „Ein paar Massagen, ein bisschen Sport und Ausspannen in der Karibik. Das wirkte Wunder. War damals auch nicht so überlaufen wie heutzutage. Nur hätte ich dadurch beinahe die Sache mit Noah verpasst."

Ich: „Sie meinen Noah und seine Arche?"

Gott: „Ja, ich wollte euch eigentlich nur einen

ordentlichen Schrecken einjagen. Ihr ward damals ziemlich aufmüpfig. Und ich dachte, ein anständiges Gewitter reinigt die Luft zwischen uns. Dass da gleich eine ganze Sintflut daraus wird, hatte ich nicht einkalkuliert. Aber ist ja nochmal gut gegangen. Wobei ich schon über das Layout für den Menschen 1.1 nachdachte."

Ich: „Ach ja. Und was ist an dem neuen Menschen anders?"

Gott: „Ich hab ihn ein bisschen aufpoliert. Nicht ganz so egoistisch und gerade im Bereich der Politik ein bisschen aufmerksamer. Aber im Moment sehe ich noch keinen Grund, ihn einzuführen. Die Version 1.0 scheint sich ja im Großen und Ganzen gut zu schlagen. Wie heißt es so schön: Was nicht kaputt ist, gehört auch nicht in den Müll."

Ich: „Da haben wir ja nochmal Glück gehabt!"

Gott: „Obwohl ihr es mir manchmal echt schwer macht, euch zu lieben!"

Ich: „Oh."

Gott: „Na schau doch mal. Ein ganz großes Problem sind diese Kriege in meinem Namen. Das habt ihr immer noch nicht im Griff. Glaubst du, ich mache mir die Mühe, baue euch eine Welt und das ganze Drumherum, nur damit ihr das in meinem Namen in Schutt und Asche legt? Und dann diese Geschichte mit den verschiedenen Namen für mich. Könnt ihr euch nicht endlich mal einigen? Die großen Religionsführer sollten sich nun wirklich mal an einen Tisch setzen und das ausklamüsern. Das würde euch einiges leichter machen. Ihr sagt doch immer, dass mein Name für Liebe, Güte und Vergebung steht. Es wäre schön, wenn ihr damit endlich mal anfangen würdet. Das wäre auch viel nachhaltiger. Und ständig tauchen irgendwelche Propheten auf, die meinen, in meinem Namen zu sprechen. Die meisten von denen kenne ich gar nicht. Und den wenigsten würde ich erlauben, meinen Dackel spazieren zu führen… „

Ich (überrascht): „Sie haben einen Dackel?"

Gott: „Ja, warum nicht? Ich muss mehr an die frische Luft und ein größerer Hund zerrt zu sehr. Man hatte mir ja einen Husky empfohlen, aber dann komm ich ja zu gar nichts mehr."

Ich (ein bisschen verlegen): „Ähem, das

erscheint logisch. Hat der Hund einen Namen?"

Gott: „Wurzel."

Ich: Wie war das jetzt mit den Propheten?"

Gott: „Ja genau: Wenn die sich wenigstens mit mir absprechen würden. Da sitzt man vergnügt am Twistesee und angelt und plötzlich haut so ein selbsternanntes Gottessprachrohr raus, dass es ganz in meinem Sinne wäre, alle linkshändigen Teetrinker zu erschlagen. Das kann einem echt den Tag vermiesen!"

Ich: „Davon hab ich aber noch nie was gehört!"

Gott (ein bisschen genervt): „Das war eine Übertreibung. Darf ich nicht auch mal über die Stränge schlagen? Wehe, du kommst jetzt auf die Idee zu sagen, dass ich wolle, man sollte alle linkshändigen Teetrinker erschlagen!"

Ich (abwehrend): „Nein, auf keinen Fall!"

Gott: „Das hat Petrus damals auch gesagt und dann hat er meinen Sohn gleich dreimal verleugnet."

Ich: „Ich trinke ja selbst auch Tee."

Gott: „Aber mit der rechten Hand!"

Ich: „Ja schon, aber das ist doch kein Grund."

Gott: „Das dachte ich mir auch immer, wenn

sich die Katholiken und Evangelen gegenseitig verprügelten."

Ich: Aber das ist doch schon lange her. Das gibt doch heute gar nicht mehr."

Gott. „Ja, heute sind es die Moslems, die auf die Christen oder Hindus einschlagen oder umgekehrt. Was ist daran so anders?"

Ich (ratlos): „..."

Gott: „Und wie viele Leute sich auf mich berufen, wenn sie wirklich seltsame Entscheidungen treffen."

Ich: „Sprechen wir jetzt über Politik?"

Gott: „Da muss ich gar nicht über Politik reden. Das fängt schon bei der Kindererziehung an, geht weiter über die Schulbildung und endet, wie ihr mit euren finanzschwachen, alten und gebrechlichen Mitbürgern umgeht. Wobei sich da ein Volk auf der Erde gerade sehr unbeliebt bei mir macht. Da wird meine Natur verschandelt, um an Bodenschätze ranzukommen und alles in meinem Namen. Ich muss da immer an die Kreuzzüge, Papst Urban und Bernhard von Clairvaux denken. Gott will es! DAS wollte ich auf keinen Fall! Später hab ich mir die beiden dann mal zur Brust genommen und gefragt, was das solle. Anschließend hab ich ihnen dann mal genau erklärt, was ich eigentlich wollte und was bekam ich zu hören? „Das hab ich aber ganz anders verstanden!" Und „Ich habe nur versucht, in Eurem Sinne zu handeln, Schöpfer!" Und „An besagten Vorgang hab ich keinerlei Erinnerungen mehr!" Da kann einem echt die Galle hochkommen."

Ich (ein bisschen eingeschüchtert, versuche das Thema zu wechseln): „Hat man als Weltenerschaffer auch schon mal Freizeit?"

Gott: „Oh ja. Und das genieße ich dann auch sehr."

Ich: „Und was machen Sie so in Ihrer Freizeit?"

Gott: „Ich renoviere gerne. Mein nächstes Projekt ist ein Wintergarten. Allerdings muss man darauf achten, die Heizkosten in den Griff zu kriegen. Das Malen hab ich aufgegeben. Ich war da wohl auch zu überambitioniert. Ständig hatte ich da Vinci im Nacken. Mal war es ihm nicht realistisch genug, dann hatte ich zu wenig Fantasie. Das nervte. Und wenn dann noch van

Gogh seinen Senf dazu gab, dann war´s aus mit der Ruhe. Aber wenn ich mal wirklich ein paar Tage ausspannen will, geht's nach Dänemark!"

Ich (überrascht): „Nach Dänemark? Warum ausgerechnet Dänemark?"

Gott (schwärmerisch): „Der Kuchen und das Gebäck sind nicht von dieser Welt! Einfach großartig. Ich hab schon überlegt, ob ich in einer dänischen Bäckerei nicht mal ein Praktikum mache. Dann könnte ich mir diese Leckereien auch zu Hause machen! Aber ich befürchte, das tut dann meiner Hüfte nicht gut. Außerdem soll ja die Seeluft sehr gut sein. Was ich früher für ausgesprochen langweilig gehalten habe: Lange Strandspaziergänge! Heutzutage bekomme ich davon gar nicht genug. Und man kann mal mit sich ganz alleine sein. Das reinigt Körper und Seele."

Ich: „Und sonst noch?"

Gott: „Reicht das nicht? Ich muss ja auch immer wieder ein Auge auf euch halten. Aber eins noch: Musik. In letzter Zeit hab ich ein besonderes Faible für moderne Kirchenmusik und Gospel entwickelt. Da kann ich richtig mitgehen."

Ich: „Und was ist mit traditioneller Kirchenmusik?"

Gott (gedehnt): „Jaaaaa, die ist schon gut, aber vieles davon finde ich inzwischen recht schwülstig. Es wäre schön, wenn da mal immer wieder ein frischer Wind durchgeht."

Ich: „Man will ja mit der Zeit gehen."

Gott: „Stimmt. Gelegentlich höre ich ja auch Dubstep und Rock'n Roll. Ist das eigentlich noch aktuell?"

Ich: „Oh, da fragen Sie den Falschen. Ich hab einen sehr eingefahrenen Musikgeschmack."

Gott (vergnügt): „Man sollte immer mit der Zeit gehen, junger Mann."

Ich: „Apropos Zeit, ich hab irgendwie das Gefühl, dass ich mich nur noch schwer konzentrieren kann."

Gott: „Ja, du wirst langsam wach und ich muss jetzt los, könnte sein, dass sich was im Mittleren Osten oder dem Balkan anbahnt. Und in Berlin müsste ich auch mal wieder nach dem Rechten schauen. Da könnte ich mir glatt eine Zweitwohnung einrichten, sooft wie ich in der letzten Zeit da schauen musste."

Ich: „Haben Sie noch irgendeinen guten Rat oder eine Botschaft?"

Gott: (schaut mich gespielt verzweifelt an) „Was kann ich dir mit auf den Weg geben? Iss weniger Fleisch, schlaf mindestens sieben Stunden und versuch, ein bisschen mehr Sport zu treiben."

Ich: „Ich dachte eher so an ein Wort für alle Menschen."

Gott (seufzt): „Macht es doch nicht so kompliziert!"

Der ultimativste Fotografie-Ratgeber von allen- Supreme.

Fotografie ist ein tolles Hobby.
Zeit für einen Ratgeber. Damit Sie
nicht so viel Zeit verplempern!

Ich sollte einen Ratgeber schreiben. Irgendwas Simples. Denn scheinbar hab ich Ahnung davon. Zumindest sagt mir das meine Umwelt.

Also gebe ich jetzt doch dem Drängen nach - Sie werden schon sehen, was Sie davon haben.

Sie hatten noch nie eine Kamera in der Hand, aber über 100 Handyfotos geschossen? Das sind die besten Voraussetzungen, um mit der Fotografie zu beginnen. Achten Sie aber unbedingt auf folgendes:

- Kaufen Sie sich sofort eine teure Kamera!

Wir reden hier von Spiegelreflexdigitalkameras. Vergessen Sie analoge Kameras, Lumix oder ähnliches. Einsteigerkameras sind sowieso Schwachsinn. Das ist nur eine Masche des Kapitalismus, dem Käufer Geld aus der Tasche zu ziehen. Richtig gute Kameras sind richtig teure Kameras! Und nur mit einer richtig teuren Kamera werden Sie gute Fotos schießen. Wie oft habe ich das schon gehört: „Du machst richtig gute Bilder - du musst eine teure Kamera haben. Und da steckt viel Wahres drin. Wer käme auch auf die Idee, dass ein Spitzenkoch richtig kochen könnte? Nein, es sind die teuren Kochtöpfe und Pfannen, die das erledigen. So ist das im Spitzensport, in der Raumfahrt und - ob Sie es glauben oder nicht - auch in der Kunst. Das Genie eines Pablo Picasso, eines Rubens oder van Gogh war nur möglich, weil sie über die teuersten Pinsel, Paletten, Farben und Leinwände verfügten. Sonst wären sie bestenfalls Zaunanstreicher geworden. Und wenn Sie anfangen wollen zu fotografieren, sollten Sie aufpassen, dass Sie in diese Falle nicht geraten:

Nehmen Sie viel Geld in die Hand und die Fotomagazine dieser Welt werden sich um Sie reißen.

- Machen Sie Serienaufnahmen!

Wenn Sie dann ein Motiv vor der Nase haben, machen Sie am besten immer gleich zehn Aufnahmen. Mindestens! Warum? Die Antwort wird Sie verblüffen: Eine Aufnahme wird bestimmt was. Und schon haben Sie Ihre Mission erfüllt. Das hat aber dann auch zwei weitere Vorteile:

1.- Der Großmeister der Fotokunst, Hellmuth Newton, sagte mal über das Fotografieren, dass die ersten 10.000 Aufnahmen die schlechtesten sind. Und diese Zahl wollen Sie doch so schnell wie möglich hinter sich lassen, oder?

2.- Wenn Sie genug Aufnahmen von der gleichen Häuserfassade, dem gleichen Gebäude oder Denkmal gemacht haben, dann könnte die documenta auf Sie aufmerksam werden. Dann gelten Sie als moderner Künstler. Wenn Sie dann auch noch Glück haben, können Sie Ihre Serienaufnahmen als Kunstwerk für viel Geld verkaufen und dann Ihre Kamera an den Nagel hängen. Sie sollten da allerdings schon anfangen verschwobelt zu reden, damit Sie als richtiger Künstler gelten.

- Das Modus-Einstellungsrädchen.

Wenn Sie sich eine wirklich teure Kamera gekauft haben, werden Sie feststellen, dass Ihre Kamera in vielen verschiedenen Modi fotografieren kann. Mein Tipp: Sie brauchen von diesen speziellen Modi nur den „Sport-Modus" für Sport- oder Serienaufnahmen, Makro für Blumen und den Modus für Nachtaufnahmen. Vergessen Sie die anderen Einstellungen. Sie wollen fotografieren und kein Ingenieurstudium. Außerdem gibt es für den ganzen Rest den Modus „A". A für Automatik. Da macht die Kamera das ganz alleine. Nur durchgucken und Knöpfchen drücken.

- Jetzt sind Sie bereit für schöne Bilder.

Immer wieder komme ich in folgende Situation:
„Ich hab gehört, du fotografierst und machst schöne Bilder."
„Ja, wieso?"
„Ich würde mich gern mal fotografieren lassen."
„Ok und was für Bilder schweben dir so vor?"
„Ja, äh, ... schöne Bilder."
Sie haben die teure Kamera und den „A"-Modus gefunden - jetzt können Sie zeigen, dass Sie auch schöne Portraits machen können. Hier geht es dann dabei gar nicht darum, dass die Bilder ihrem Model gefallen. Nach dem geschossenen Bild werden 75% der Abgelichteten sowieso sagen: „Oh Gott, das ist ja furchtbar!" Die restlichen 20% sind hoffnungslose Narzissten, denen ihr Antlitz auch dann noch gefällt, wenn es mit einer zerbrochenen Wodkaflasche und dem gestrigen Mageninhalt zusammen fotografiert wurde.

Hier ist jetzt Psychologie und ein bisschen Auswendiglernen gefragt. Fallen Sie ihrem „Opfer" sofort mit den Schlagworten „Lichteinfall", „Schattenspiel" und „Schärfentiefe" ins Wort. Bauen Sie mit solchen Worten möglichst komplizierte Schachtelsätze. Es ist nicht wichtig, dass Sie noch genau verstehen, was Sie sagen. Wenn Sie aber den Satz mit den Worten beenden: „... das Beste, was ich je fotografiert habe!", dann wird Ihnen auch Ihr Gegenüber glauben, dass Sie nur schöne Bilder schießen.

Wenn ihr Gegenüber und Sie selbst aber mit dem Ergebnis nicht zufrieden sind, dann hatten Sie womöglich die 5% der Menschen vor der Linse, bei denen gar nichts mehr nützt. Aber bleiben Sie ruhig! Auch hier gibt es Hilfe: Eine hohe Topfpflanze, die vom Model ungefähr auf Brusthöhe gehalten wird, wird Ihnen den Ruf eines wahrlichen Kreativkünstlers einbringen!

- Straßenfotografie.

Schnappen Sie sich Ihre Kamera und gehen Sie raus auf die Straße. Und knipsen Sie, ..., nein, fotografieren Sie, was das Zeug hält, bis die Linse raucht. Aber bleiben Sie international: Sie machen keine Straßenfotografie - Sie haben Anspruch, Sie erschaffen Kunst! Sie machen Streetart! Und dann ist es eigentlich auch schon egal, was Sie fotografieren. Sie sollten nur darauf achten, dass Menschen nicht so sehr im Vordergrund sind. Wenn Sie auf Menschen bei der Streetart nicht verzichten wollen, dann denken Sie an das „Recht am eigenen Bild". Entweder sollten Sie nach dem Fotomachen schnell laufen können oder überzeugen den Fotografierten irgendwie davon, dass er Ihnen die Erlaubnis zur Veröffentlichung erteilt. Da hilft ein professionell selbst gemachter Ausweis des Verfassungsschutzes sehr. Sollten Sie das Foto gemacht und ausgedruckt haben und wissen jetzt nicht so recht, was Sie mit den Gesichtern machen: Ich empfehle einen dicken schwarzen Filzstift - Problem gelöst!

- Umgang mit Models.

Jetzt steigen Sie in den fotografischen Olymp auf. Ihrer Kreativität sind nun keine Grenzen mehr gesetzt. Willkommen in den Fußstapfen eines Peter Lindbergh, eines John Rankin oder Kristian Schuller. Waaaas? Die kennen Sie nicht? Der erste war einer der berühmtesten Modefotografen und Filmemacher mit mehreren Wohnsitzen in der Welt, die anderen beiden haben für Heidi Klums GNTM fotografiert. Nun strengen Sie sich doch mal ein bisschen an!
Sie können nicht so gut mit Menschen, wollen sie trotzdem vor der Kamera haben? Das geht: Sie haben die Kamera in der Hand - Sie sind die Macht. Und hier greift dann auch sofort mein Ratgeber: Verweisen sie auf die „schönen" Fotos, die Sie machen. Weil, Sie haben ja eine „teure" Kamera. Wenn das Model Vorschläge macht, die Ihnen nicht gefallen, denken Sie an „Lichteinfall" und „Schattenspiel" und „Schärfentiefe", oder war es „Tiefenschärfe"? Wenn sich der oder die

Fotografierte davon nicht beeindrucken lässt, sagen Sie ihm oder ihr möglichst abwertend: „Das ist ja voll 80er."

Und noch ein Tipp: Die meisten Leute wissen nicht, wohin mit ihren Händen, wenn sie fotografiert werden. Geben Sie ihrem Model unbedingt was in die Hand. Und wenn es eine Topfpflanze ist.

Und, haben Sie jetzt noch Fragen? Es müsste eigentlich soweit alles geklärt sein. Ihrer neuen Karriere steht nichts mehr im Wege. Und wenn doch noch was unklar ist: Buchen Sie meinen zweitägigen Onlinekurs. Billiger als Ihre brandneue Kamera. Da können wir alles besprechen. Wie? Beleg für das Finanzamt? Nee, das gibt's bei mir nicht. Das mag ich nicht so.

Von Mäusen und Katers.

Hunde haben Herrchen und
Frauchen. Katzen haben
Bedienstete!

Haben Sie Haustiere? Wir haben Haustiere. Als Kind war es uns nicht erlaubt, welche zu haben - mein Vater wollte keine. Meine Mutter, selbst auf dem Lande aufgewachsen, war in der Hinsicht toleranter, konnte sich aber gegenüber dem Kuschelverweigerer nicht durchsetzen. Vielleicht wollte sie das auch gar nicht, vermutlich mit dem begründeten Verdacht, dass die Arbeit dann wieder mal an ihr hängen bleiben würde.

Mein Versuch, diese Blockadehaltung zu unterwandern, dauerte gerade mal zwei Wochen. Ich hatte auf einem Schulfest des Wilhelmsgymnasiums eine Hausmaus gewonnen und brachte sie freudestrahlend mit nach Hause. Als ich meiner Mutter meinen

Gewinn offenbarte, erschrak sie und entschied: „Die Maus kommt aus dem Haus!" Begründung meiner Mutter: „Mäuse stinken und ich ekle mich vor ihr!" Das reichte damals als Begründung. Ich konnte für die Maus eine Frist von zwei Wochen erwirken, da man sie ja nicht einfach in den Garten entlassen konnte. Es war eine Hausmaus und keine Gartenmaus - sie würde sofort ein Opfer von Eulen, Katzen oder Autoreifen werden. Also bekam sie ein Zuhause in Form einer sehr bauchigen Flasche. Der Boden wurde mit Streu bedeckt und eine kleine Wasserflasche dazugegeben. Ich hatte mein Vergnügen, die Maus zu beobachten und manchmal in meiner Hand durch die Wohnung spazieren zu tragen.

Sie kam auch mit zur Schule und lauschte dort dem Physikunterricht. Ich hatte eine Tasche meines Parkas mit Streu gefüllt und sie schaute immer wieder mal oben raus, um zu sehen, wo sie war. Abgehauen ist sie nie. Es schien ihr bei mir zu gefallen. In der Schule hatten wir noch alte Holztische und ich saß allein an einer Bank. So konnte sie ohne Probleme in dem Fach für die Bücher hin und her laufen oder schlafen. Gelernt hat sie wohl nichts.

Doch irgendwann waren die zwei Wochen Frist vorbei und meine Mutter sagte mir, dass sie in einem Wilhelmshöher Tiergeschäft einen Platz für die Maus gefunden hätte. Es folgte ein tränenreicher Abschied und meine kleine Maus wurde zum Inventar dieser Tierhandlung.

Immer wieder, wenn die Familie in die Stadt fuhr, kamen wir an dieser Tierhandlung vorbei und ich musste an meine Maus denken. Ich winkte ihr in Gedanken zu und war ein bisschen traurig. Später stellte ich fest, dass die Tierhandlung nicht mehr existierte. Erst stand das Gebäude leer, dann wurde das Haus abgerissen und später wurde das Anthroposophische Zentrum an dieser Stelle errichtet. Ich fragte damals meine Mutter: „Weißt du, was mit der Tierhandlung passiert ist?" Ungerührt sagte meine Mutter zu mir: „Ja, der Besitzer hat angefangen zu trinken und dann ist sein Laden pleite gegangen." Ich fragte zurück: „Und warum?"

„Wegen deiner Maus. Die hat so

gestunken!" Nicht nur Kinder können grausam sein.

Später, als meine Freundin und ich zusammenzogen waren, war es dann soweit. Ich schenkte meiner Freundin einen grau-schwarz getigerten Kater mit weißem Bauch. Natürlich hatte ich vorher einige Leute aus ihrem Freundeskreis samt ihrer Eltern gefragt, was meine Freundin wohl von einem Kater halten würde. Einhellige Meinung: Sie würde ihn lieben. Er bekam von uns den wohlklingenden Namen Cranston. Nun ist aber nicht jeder des Englischen so mächtig wie meine Freundin und ich. Bei ihren Eltern wurde aus Cranston schnell Gränni. Mit „G", „Ä" und doppeltem „N". Leider hatten wir nicht lange Freude aneinander. Katers, die sich zum Sonnen mitten auf die Straße legen, verstehen sich nicht mit Autos, die sich nicht an die Geschwindigkeitsbeschränkungen halten. Und sind in der Regel die Schwächeren.

Inzwischen haben wir wieder zwei neue

Stubentiger. Rodney, einen tiefschwarzen Hexenkater und Blaze, ein getigertes Moppelchen. Und mit der Zeit entwickelten sich die beiden zu zwei liebenswerten Diktatoren. Beides sind Katers, die maximal auf den Balkon dürfen. In dem Fall habe ich damals die Diskussion mit meiner Freundin verloren. Ist ja nichts Neues. Außerdem ist eine Altbauwohnung im dritten Stock in Berlin nicht unbedingt der richtige Platz für Freigänger. Wie sollen die denn auch an die Hausklingel kommen?

Rodney ist ein Gourmet, der selbst jeden Restaurantkritiker in den Schatten stellt. Zweimal das gleiche Essen hintereinander - geht ja gar nicht! Und auch dann muss Kater erst mal sehen, ob das aktuelle Essen genehm ist. Wenn nicht, wird der Kopf angewidert von links nach rechts gedreht und die Pfoten gehen sofort in den Rückwärtsgang über. Wenn einmal dieser Entschluss gefasst wurde, dann bleibt er auch dabei. Dann geht er eher hungrig ins Bett oder gar nicht und beschwert sich lautstark die ganze Nacht.

Aber wenn gegessen wird, dann möchte man dabei auch gestreichelt werden. Und wenn mein Mensch das vergisst, reicht meist ein strafender Blick, damit er sich an seine Pflichten erinnert.

Blaze hat da eher eine aufgeschlossene Haltung. Es könnte ja sein, denkt er sich wohl, dass in fünf Minuten die Welt untergeht und dann will er vorher etwas im Bauch haben. Und dann sollte man auch nicht wählerisch sein. Er gleicht beim Fressen einem behäbigen Staubsauger. Anschließend wird auch immer nochmal im Napf des Bruders geschaut, ob vielleicht noch was drin ist. Könnte ja sein.

Im Prinzip dreht sich das Leben unserer beiden tierischen Wohnungsgenossen um Essen, Schlafen, Gestreicheltwerden und Spielen. Wobei man das mit dem Streicheln gern mal unterlassen könnte, wenn ich das will. Spielen und Fressen! Diese beiden Tätigkeiten rangieren ganz oben auf ihrer Liste.

Schon am Morgen, wenn ich an meinem Schreibtisch sitze und gerade ein paar Gedanken aufschreiben will, stößt mir Blaze unentwegt seinen Kopf an den Unterschenkel und fordert mich auf, sich mit ihm zu beschäftigen. In der Nähe hängt die Angel mit dem Stoffmäuschen, also wäre es in seinen Augen ja auch nicht zu viel verlangt, wenn ich jetzt mal 10 Minuten die Angel hin und her wirble, so dass er „Fangen" spielen könnte. Können auch 30 Minuten werden oder eine Stunde. Er ist da nicht so. Wenn ich dann nicht sofort reagiere, bekomme ich seinen Kopf ein zweites Mal ans Schienbein. Dazu ein kleines klägliches Miauen. Die Intensität der Stöße und des Miauen sind gleichbleibend. Er scheint mir zu signalisieren: „Pass auf, ich kann das den ganzen Tag machen, wenn du willst. Also Mensch, beweg dich!" Da Blaze auch jedes Mal die gleiche Stelle erwischt, gebe ich irgendwann auf und greife zur Angel.

Sollte es mal nicht das Angelspiel sein, so ist es „Schinkenklopfen". Ich beuge mich also zu ihm herunter und klopfe wiederholt auf seine Flanke. Das gefällt ihm. Er tänzelt auf der Stelle und genießt mein Klopfen. Ich denk bei mir, das hat schon was von SM, Blaze sieht das scheinbar ganz anders. Irgendwann aber legen seine Hinterpfoten den Vorwärtsgang ein, seine Vorderpfoten schließen sich an und er trippelt aus meiner Reichweite. Wenn das Klopfen schlagartig aufhört: Vorwurfsvoller Blick zum Menschen und unter miauendem Protest zurück zum Sessel. So könnte es für ihn den ganzen Tag weitergehen.

Rodney ist da ein bisschen genügsamer, Entschuldigung, introvertierter. Nicht, dass er nicht gern spielen würde, aber man sollte sich vorher anmelden. Oder er schaut seinem Bruder beim Angelspiel fünf Minuten zu und übernimmt dann das Kommando.

Thema „Im Weg rumsitzen": Ein Kater sitzt nicht im Weg rum! Das müssen sich die beiden denken, wenn man schnellen Schrittes den Flur entlang läuft und einer der beiden vor dem Menschen herläuft oder liegt. Protestmiauen - Ausweichen nach links und rechts möglichst dahin, wo der Mensch auch hin will. Um nicht über das Tier zu stolpern, gerät das Ganze zu einem verzweifelten Überholmanöver, bei dem möglichst keiner Schaden neben soll. Weder

der Mensch noch der Kater. Danach ein tierischer Spurt in Sicherheit. Vorwurfsvoller Blick und nochmal Protestmiauen. Blöder Mensch!

Wirklich spannend wird es aber, wenn es nachtschlafende Zeit wird und wir beschließen, zu Bett zu gehen. Die Katers werden nochmal gefüttert, Katzenklo ist sauber und für die Nacht ist frisches Wasser im Napf. Kaum ist das Licht aus, geht es los:

Markerschütterndes Miauen! Hätte man die Möglichkeit, Katzenlaute ins Menschliche zu übersetzen, müsste es ungefähr folgendermaßen lauten:

„Ich bin der einsamste Kater der Welt, niemand hat mich lieb und keiner gibt mir was zu fressen oder spielt mit mir!" Und das wird dann in regelmäßigen Abständen wiederholt. In Pausen von zehn Sekunden. Meine Freundin fragt mich dann schon mal entnervt: „Warum werden Katzen nicht heiser?" Wir versuchen es dann mit einer Mischung aus guter Katzenhalter und böser Katzenhalter. Sie versucht ihn freundlich darauf hinzuweisen, dass es nicht an der Zeit sei, uns solche Vorhaltungen zu machen, meine Bemühungen sind eine Spur ungeduldiger. Der menschliche Schlaf ist danach immer Glückssache. Und spätestens halb vier ist es dann auch wieder vorbei, weil dann die beiden Katerbäuche leer sind und es ja auch schon gaaaanz lange her ist, dass die beiden was zu essen hatten. Aber bitte nicht das Gleiche, was es schon zum Abendessen gab.

Ach und Mensch, wenn du eh schon wach bist: Da drüben hängt eine Angel mit einer Stoffmaus. Du könntest dich ein bisschen nützlich machen und mit mir spielen, ja?!

Ihre Lordschaften geruhen Pause zu machen!

Von ProsTATA und Hundebabys.

Die Welt wird nicht wegen
Klimawandel oder Weltkriegen untergehen.
Eher wegen überflüssigem Googeln
und falschem Händeschütteln.

Kann Neugierde und Information Sünde sein? Im Prinzip nicht. Es sei denn, du heißt Julian Assange, hast WikiLeaks gegründet und dich mit einem der mächtigsten Länder der Welt angelegt! Aber manchmal kann es auch einfach zu viele Informationen geben.

Um für einen Kindergeburtstag nicht mit leeren Händen dazustehen, wollte ich über das Internet besondere Luftballons besorgen. In der Beschreibung wies mich der Verkäufer darauf hin, dass den Luftballons auch ein Luftballonpumpenreduzierungsadapterdichtring beiliegt. Mal abgesehen davon, dass ich bis zu diesem Moment noch gar nicht wusste, dass es sowas gibt, gab mir die Beschreibung auch keinen Hinweis darauf, was das sein könnte. Ich konnte mir beim besten Willen keine Vorstellungen machen. Ich gab den Kauf auf! Auch weil diese Beschreibung sofort meine Hippopotomonstrosesquippedaliophobie auslöste. Du weißt nicht, was das ist? Tröste dich, du bist nicht der einzige, der das nicht weiß. Das ist die Angst vor extrem langen Wörtern, die mit einem einzigen Wort beschrieben werden. Es gibt schon Erkrankungen, von denen wüsste man gar nicht, wenn man nicht das Internet hätte.

Und da sind wir schon in einem Gebiet, das einen Großteil meiner Google- Zeit einnimmt: Medizin. Das Googeln nach Erkrankungen.

Das sollte eigentlich verboten werden. Wie viele hochintelligente Menschen ohne die geringste medizinische Vorkenntnis ihre Zeit damit verbringen, herauszufinden, was ein Megakolon ist - an dem sie nach dem Googeln natürlich auch leiden. Ich möchte nicht wissen, wie oft meine Steuerrückzahlung verspätet bei mir ankam, weil der zuständige Sachbearbeiter erst mal googeln musste, was ein Hydrozephalus ist. Und die Erklärungen, die das Internet über diese Erkrankung bietet, werden gnadenlos geglaubt und auf einen selbst bezogen.

Typisches Gespräch:

„Ich war heute beim Arzt, wegen der Beule an meinem Unterarm."

„Und was sagt er?"

„Das hab ich nicht verstanden, aber ich hab's dann gegoogelt. Entweder ein Häm-A-tom oder die Beulenpest. Mal sehen, ob ich jetzt Fieber kriege."

Mein Gesicht verzieht sich dann automatisch vor Verzweiflung. Und nicht nur deswegen, weil das Wort Hämatom wieder vollkommen falsch ausgesprochen wurde. Nebenbei: Das passiert auch gern bei „Prostata". Da kommt dann gern mal eine „ProsTATA" bei raus. Für mich hört sich das dann eher wie eine italienische Landschaftsbeschreibung an.

(Nächstes Jahr fahren wir in die ProsTATA!)

Oder wie eine südländische Salami.

Für jemanden, der sich ein bisschen mit

Medizin auskennt, sind solche Gespräche oft ein verbaler Horrorfilm - man gruselt sich und wünscht sich das Ende herbei.

Aber auch die andere Variante ist nicht viel besser. Diese begegnet einem besonders bei älteren Patienten:

„Und… was hat der Arzt gesagt?"

„Nichts."

„Aha, ihr habt euch also 10 Minuten gegenüber gesessen und angeschwiegen!"

Nur das vorläufige Endergebnis bleibt fast gleich:

„Ach, du weißt doch, dass ich das nicht verstehe!"

Und dann entstehen amateurhafte medizinische Mythenbildungen. Denn je nach Hartnäckigkeit des Fragers muss der Gefragte ja irgendetwas antworten. So zum Beispiel:

„Also, die Ärztin hat mir jetzt erklärt, warum mir die Hüfte wehtut. Die haben die im Krankenhaus falschrum eingebaut!" Vor meinem geistigen Auge sehe ich dann, wie ein maulwurfsblinder Operateur bei der künstlichen Hüfte den Gelenkkopf im

Punktschweißverfahren am Knie befestigt hat und die OP-Crew rief im Anschluss „Da Capo". Ich erschaudere! Nicht wegen der Vorstellung dieser vermeintlichen operativen „Meisterleistung", nein, sondern darüber, dass solche Überlegungen geglaubt und als Überzeugungen in die Welt getragen werden. An solchen Aussagen wird dann festgehalten und mit obskuren Fakten aus dem Internet untermauert. Dagegen sind die Mondlandungs-Verschwörungstheoretiker Waisenknaben.

Ich möchte hier aber mal ganz ausdrücklich betonen: Ich google nur aus wissenschaftlichen Gründen: Ich will der Natur die Maske entreißen, um in das Antlitz der Wahrheit zu schauen! Was kann ich dafür, dass sich das Internet hauptsächlich mit meinen Erkrankungen beschäftigt.

Die vorläufige Krönung unseres Gesundheitssystems ist der digitale Arztbesuch. Was kommt da als nächstes? Ein Computerspiel, bei dem der Arzt Puls und Blutdruck übermittelt bekommt? Ein Sensorfeld am Laptop, an dem der Patient lecken muss, damit der Herr in Weiß eine Speichelprobe kriegt? Vielleicht wird noch ein Fahrdienst von der Praxis zum Patienten eingerichtet: Zuhause nimmt sich der Praxiskunde mit Hilfe eines sterilisierten Rouladenspießes Blut ab und gibt sie dem Fahrer im Tupperdöschen mit.

Jetzt bin ich aber sehr weit vom Thema abgekommen. Ich wiederhole nochmal: Medizinisches Googeln sollte man verbieten. Und Begrüßungen. Also Händedrücken. Ich meine jetzt „falsches Händedrücken". Wenn Ihnen jemand zur Begrüßung die Hand geben will und dann nur Ihre Finger ergreift und mit ausgewählter Kraft drückt. Mit einer Zärtlichkeit, die man auch aufwenden würde, um ein kleines, gebrechliches Hundebaby zu streicheln. Sie fühlen dann nur irgendetwas Undefinierbares, das an ihrem Finger wuselt.

Boah, da könnte ich ausflippen. Nicht nur, dass ich mich dann fühle, als ob ich wieder vier Jahre alt wäre und meine Mutter mir sagt: „Sag dem Onkel mal guten Tag!" Wenn die Hand meines Gegenübers bandagiert ist bis zum Ellenbogen oder er mir zur Begrüßung sagt: „Es ist wieder mal die Gicht!", dann hab ich dafür Verständnis. Aber wenn es keine körperlichen Einschränkungen beim Händeschüttel-Partner gibt, dann möchte ich die Hand des anderen packen und festhalten und meine festgehaltenen Finger richtig tief in seine Begrüßungshand hineinschieben, ganz nahe an denjenigen herantreten und flüstern: „Wenn du nicht weißt, wie man jemandem richtig die Hand schüttelt, warum lässt du es nicht einfach!" Und dann würde ich die Hand meines Gegenübers schütteln, übertrieben überschwänglich und übertrieben lange. Soll er sich bei der nächsten Begrüßung noch lebhaft an mich erinnern! Ich bin doch kein kleines, gebrechliches Hundebaby!

Wie schafft so ein Mensch überhaupt seinen Haushalt, frag ich mich dann immer. Wenn der mal einen Putzlumpen auswringen will, der schmeißt den doch lieber gleich weg! Oder wenn der mal Sahne mit der Hand schlagen muss, weil das Rührgerät nicht will. Nach zwei Stunden findet man den im Zustand völliger Auflösung auf dem Küchenboden wieder. Und bei Männern finde ich das noch viel schlimmer. Wenn das dann noch Single-Männer sind. Ich meine, ..., man hat doch Bedürfnisse. Wahrscheinlich gibt es deshalb so viele Männerklöster.

Genauso fürchterlich sind Umarmungen zur Begrüßung. Man freut sich, jemanden zu sehen, stürmt auf ihn zu, will ihn in den Arm nehmen und während der Umarmung dreht der andere seinen Kopf und Oberkörper weg oder biegt seinen Kopf soweit zurück, dass es unter gar keinen Umständen zu Körperkontakt kommen kann. Da stülpt sich dann mein Inneres nach außen, mir wird sofort heiß und kalt - gleichzeitig!

Wenn ich jemanden umarme, dann will ich eine besondere Nähe zu dem anderen ausdrücken. Ich will damit zeigen, dass der oder diejenige in meinem sozialen Umfeld eine besondere Stellung hat. Und was drückt der andere aus? Geh duschen - du stinkst! Vorsorglich versuche ich dann immer unbeobachtet an meinen Achseln zu riechen.

Der Gutmensch in mir flüstert mir in solchen

Momenten zu: „Dafür musst du doch Verständnis haben. Der oder die kann halt nicht so aus sich raus. Vielleicht hat er oder sie ein psychologisches Problem." Innerlich brüllt der archaische Teil den Gutmenschen an: „Psychologisches Problem - deine Mudder!" Und dann am liebsten meinem Gegenüber einen ordentlichen Bodyslam verpassen.

Merken diese Körperkontaktverweigerer überhaupt, wie erniedrigend so eine Situation ist? Eigentlich möchte ich dann sofort die Freundschaft kündigen. „DU schaffst noch nicht mal eine anständige Umarmung zur Begrüßung? Geh zur Hölle!" Und was tue ich: Gar nichts! Ich akzeptiere die Situation so wie sie ist und schlimmer noch: Sie verschwindet aus meinem Bewusstsein. Bis zur nächsten Begrüßung. Und dann geht alles wieder von vorne los...

Verhinderte Leidenschaft
oder
Darf ich mal zum Ende kommen?

Mit Erotik ist das ja so ein Ding.
Wenn man dann auch ständig
unterbrochen wird - kommt sowas bei raus!

Sie küssten sich leidenschaftlich. Ihre Körper waren so eng aneinander gepresst, dass man gar nicht feststellen konnte, wo der eine Körper begann und der andere aufhörte. Seine Hände fuhren über ihren Rücken. Dabei konnte er feststellen, dass sie unter der Bluse keinen BH trug. Diese Erkenntnis trieb seine Leidenschaft in ungeahnte Höhen. Langsam ließ er seine rechte Hand zu ihrer Jeans wandern, seine Finger fuhren in ihre Hose und er spürte den Ansatz ihres Pos. Sie musste sich in diesem Moment von seiner Zunge lösen, da sie einfach keine Luft mehr bekam. Inständig bat sie darum, dass er seine Hände einfach da lassen würde, wo sie waren und er ihre Unterbrechung nicht als Zurückweisung verstand. Nein, seine Hände blieben an ihrem Platz.

Jetzt wanderten ihre Hände über seinen Brustkorb. Sie konnte seine starken Brustmuskeln spüren und eine seiner Brustwarzen. Dann lächelte sie ihn an und begann, ihre Bluse aufzuknöpfen.

Er zog seine Hände zurück und starrte sprachlos-erregt in ihr sommersprossiges Gesicht.

Na, das beginnt doch ganz gut, denke ich bei mir. Ist zwar schon lange her, dass ich so was geschrieben habe, aber ich bin in Liebesdingen ja auch nicht unbedingt ein Anfänger. Also weiter:

Als sie ihre Bluse herunterstreifte, drückte er sie sanft aufs Sofa zurück. Dann richtete er sich wieder auf und zog auch seinen Pullover aus, er schaute sie einen Moment an und sagte rau: „Du machst mich echt an!"

Sie sah sein erregtes Gesicht, wie seine Augen

über ihren Körper wanderten. Die Lust, die sie an ihm erkennen konnte, entfachte das Feuer in ihr noch mehr. Sie öffnete den Knopf an ihrer Hose und wartete, bis er sich wieder zu ihr legte. Darauf musste sie nicht lange warten. Ihre Zungen trafen sich und seine Hand berührte eine ihrer Brüste. Erst zärtlich, dann fordernder. Ihre Hände wanderten über seinen nackten Rücken, spürten seine Muskeln, wanderten immer tiefer und umfassten seinen Po. Sie griff ein bisschen fester zu und dachte anerkennend: „Oh, Knackarsch! Wie nett!"
Dann ...

... dann klingelt bei mir das Telefon. Festnetz. Oh, verdammt, warum ausgerechnet jetzt? Ich lasse alles stehen und liegen und gehe langsam der Ladestation entgegen. Wenn das jetzt nichts Wichtiges ist, denke ich bei mir, dann kann sich der Anrufer warm anziehen. Ich drücke den kleinen grünen Knopf und hebe das Telefon ans Ohr.

„Rossbach!"

„Guten Morgen, Herr Rossbach. Ich rufe im

Auftrag der Green Energy Stromwerke an. Haben Sie schon mal darüber nachgedacht, Ihren Stromtarif zu wechseln?"

Ich bin sprachlos. Aus 1000 Metern erotischer Höhe in drei Sekunden auf dem Boden der Realität aufgeschlagen. Selbst die Stimme meiner Gesprächspartnerin erinnert mich in keinster Weise an die Hauptdarstellerin meiner kleinen erotischen Geschichte.

„Äh, nein. Aber wie kommen Sie überhaupt an meine Telefonnummer?"

„Die haben wir im Rahmen eines Austauschtransfers bekommen. Herr Rossbach, Sie haben aber jetzt die Chance, in Zukunft 50% weniger für Ihren Strom zu zahlen. Ist das nicht der Knaller? ... "

Es knallt. Aber nicht so, wie sich meine Gesprächspartnerin das vorstellt. Ich lasse meinen Daumen auf den roten Knopf des Telefons knallen. Unglaublich! Ich versuche gerade eine erotische Kurzgeschichte zu schreiben und soll dann am Telefon meinen Stromanbieter wechseln. Das ist ja vollkommen unerotisch. Ich eile zurück zum Laptop und versuche mich von meiner eigenen Story wieder einfangen zu lassen ...

... Dann blieb ihr wieder für Sekunden die Luft weg. Er hatte eine ihrer Brustwarzen zwischen die Zähne genommen und biss sie zärtlich. Süße Schauder flossen durch ihren Körper. Die Bisse waren genau richtig dosiert, genau die richtige Mischung aus Lust und Schmerz. Manchmal, ja manchmal, wie die Pop-Punk-Gruppe „Die Ärzte" sangen. Er hatte sich ein bisschen aufgerichtet und nun kam sie an seinen Gürtel heran. Sie löste ihn, danach öffnete sie seine Hose und ließ ihre Hand hineingleiten. Er stützte sich jetzt ganz auf seinen Händen ab und gab ihr freie Bahn. Er war nicht glattrasiert. Nein, er hatte einen kleinen Strich stehen lassen. Einen kleinen Strich, der sich von seiner Scham in Richtung Bauchnabel zog. Ihm kam es so vor, als ob sie jeden einzelnen Stoppel seiner Schambehaarung mit dem Zeigefinger abfuhr. Entsetzlich langsam, wie bei einer lustvollen Folter. Er genoss und verfluchte ihre Hand, die *sich seiner Männlichkeit näherte.*

Doch dann machte er sich von ihr frei und begann seinerseits, ihr die Hose auszuziehen. Unter der Hose kam ein schwarzer String zum Vorschein, den er ihr langsam auszog. Sie war …

… Es klingelt …

Die Haustür. Na klasse. Und wer will jetzt was? Ich gehe zur Tür und schaue durch den Türspion. Es ist der Nachbar. Was will der denn jetzt? Ich öffne die Tür und er fragt sofort ziemlich ruppig:

„Wollen Sie ihre Wäsche eigentlich noch länger in der Waschküche hängen lassen?" Ich reagiere nicht sofort. Ein Teil meines Hirns steckt noch in der Geschichte und die Gestalt, die nun vor meiner Tür steht, hat das Attribut „sexy" überhaupt nicht verdient. Er hat dann wohl auch gemerkt, dass seine Ansprache nicht ganz passend war. „Ich wollte ja nur mal fragen, weil andere Leute auch ihre Wäsche aufhängen wollen." Ich erwache aus meiner Starre.

„Oh, ich hab gar nicht mitbekommen, dass die

Wäsche schon trocken ist. Ich geh gleich runter und dann können Sie sofort Ihre Wäsche aufhängen."

Meinem Nachbarn ist nach Schnuddeln. Aber ich musste schon die Erfahrung machen, dass unsere Ansichten zu weit auseinander liegen. Das führt nur zum Kleinkrieg. Ich würge ihn ab und schnappe mir einen Wäschekorb.

Als ich endlich wieder an meinem Laptop bin, ist meine erotische Stimmung doch schon ein bisschen verflogen, muss ich gestehen. Ich hol mir erst nochmal einen Kaffee und verziehe mich auf den Balkon. Im Geiste sehen mich meine beiden Akteure halbnackt und ungeduldig an. „Wir warten", wispert es unruhig in meinem Hirn. Na gut - zwei drei Schlucke Kaffee und dann wieder in die Situation eintauchen. Wenn man mich lässt ...

... *Sie war rasiert. Zwischen ihren leicht geöffneten Beinen konnte er ein Piercing erkennen. Er musste einmal hart schlucken. Langsam senkte er seinen Kopf zwischen ihre Beine und liebkoste links und rechts die*

Innenseite ihrer Oberschenkel. Ein Stöhnen verließ ihre Lippen. Sein Mund und seine Zunge lösten sich immer wieder ab und jagten weitere Schauer der Lust durch ihren Körper. Langsam wanderte seine Zunge immer höher. Doch genau in dem Moment, als sie seine Zunge auf ihrer intimsten Stelle erwartete, rutschte sein Kopf noch ein bisschen höher und er küsste ihre Scham. Jetzt war es an ihm, sie einem lustvollen Martyrium zu unterziehen. Seine Zunge erkundete ihren Bauchnabel, den Schambereich und immer wieder langsam die Umgebung ihrer empfindlichsten Stelle. Sie hatte die Augen geschlossen und genoss die Aufmerksamkeit, die ihr diese kundige Zunge zuteilwerden ließ. Ihre Hände hatten sich in seinem Kopf vergraben und zerwühlten seine Haare. Sie versuchte seinen Mund an die Stelle zu dirigieren, die ihr am meisten Lust versprach. Doch diese Zunge wollte partout nicht auf ihre Richtungsanweisungen hören. Langsam wanderten seine Hände wieder zu ihren Brüsten …

… ich lehne mich zurück und lese den gerade geschriebenen Absatz nochmal durch. Doch wieder reingefunden! Ich bin ganz zufrieden. Jetzt dranbleiben, dann bekomme ich die Geschichte auch gut zu Ende.

… *langsam wanderten seine Hände wieder zu ihren Brüsten …*

… *als...*

… als es erneut an der Tür klingelt. Ist das jetzt wieder mein Nachbar? Soll ich ihm jetzt auch noch beim Wäscheaufhängen helfen? Nein, es ist der DHL- Bote mit einem Päckchen für meine Freundin. Aus Warschau - Polen. Aber erstmal müssen wir meine Identität klären - wie eine Anja würde ich nun nicht gerade aussehen. Doch meine Erklärung, dass ich der Lebensgefährte der Paketempfängerin bin, hilft weiter. Nur muss er jetzt den Empfängernamen auf seinem Pad nochmal ändern. Schließlich hätte er ja nun ihren Namen im Gerät. Auch dieses lasse ich über mich ergehen. Denke bei mir so, dass man überall von nicht gelieferten Paketen hört und von eingeworfenen Abholscheinen, obwohl der Empfänger die ganze Zeit zu Hause sitzt. Und ich muss gestehen, dass es mir im Moment weitergeholfen hätte, wenn mein DHL-Fahrer auch so reagiert hätte.

Nachdem ich das Päckchen für meine Freundin auf dem Wohnzimmertisch abgelegt habe, will ich nochmal in die Erotik eintauchen. Es klappt erst nach mehreren Anläufen. Zuerst fragt mich meine weibliche Protagonistin lasziv, ob ich nicht doch meinen Stromtarif wechseln möchte. Anschließend trägt er plötzlich eine rot-gelbe DHL-Kappe. Ich muss diese Bilder mit Gewalt aus meinem Hirn bannen.

... und seine Hände beschäftigten sich wieder intensiv mit ihren Brustwarzen. Ihr Stöhnen kündigte eine weitere Woge der Ekstase an, die sie wegzuspülen drohte. Dann berührte seine Zunge endlich die Knospe in ihrem Schritt. In langsamen Kreisen fuhr sie um die Erhebung. Die erste Woge der Ekstase wurde von einer

zweiten und dritten Welle abgelöst. Mit geschlossenen Augen warf sie den Kopf von links nach rechts. Ihr Stöhnen wurde anhaltender und ihr Becken fing an, sich zu bewegen. Seine Zunge begann, sie zu erkunden. Mit immer schneller werdenden Bewegungen. Bald löste er seine Hände von ihren Brustwarzen. Er schob die linke Hand unter ihren Po und nahm die rechte bei seiner Erkundung zu Hilfe. Ein Finger drang in sie ein. Ihr Rücken bäumte sich. Stumme Explosionen tobten vor ihren geschlossenen Augen. Sie öffnete den Mund zu einem lautlosen Schrei, während ihr Schoß anfing, in Flammen zu stehen. Oder war es ein Kribbeln? Oder doch etwas ganz anderes? Sie trieb langsam aber sicher einer sexuellen Raserei entgegen. Als dann noch seine Finger es nicht nur beim Erkunden belassen, sondern ...

... macht sich bei mir wieder das Telefon bemerkbar. Ich stöhne - aber nicht vor Lust. Sondern eher aus Verzweiflung und begebe mich schicksalsergeben zum Apparat.

„Rossbach?"

„Ja, hallo, hier spricht dein Vater! Weißt du noch, wer das ist?"

Ich sacke in mir zusammen. Ja, ich weiß noch, wer mein Vater ist und im Moment will ich wahrlich nicht mit ihm telefonieren. Nicht, wenn ich hier sitze und versuche, eine erotische Geschichte zu schreiben. Waren die Stromwerke, der Nachbar und DHL schon mehr als störend, so ist dieser Anruf für meine erotischen Bemühungen der Super-GAU. Und mit seiner Art von Humor komme ich im Moment nun gerade gar nicht klar.

„Ja, ich weiß, wer das ist. Was kann ich für dich tun?"

„Hör mal, du hast doch noch ein Paket bei uns. Willst du das nicht doch mal holen?"

Das verfluchte Paket. Ich hab's gewusst. Beim letzten Besuch meiner Eltern haben wir ausgemacht, dass wir am Wochenende bei meiner Freundin und mir essen würden. Ich hab ein Paket mit einem Geschenk für meine Freundin bei meinen Eltern gelassen, mit dem Hinweis, dass ich das am Wochenende mitnehmen würde, wenn wir zu uns fahren. Meine Freundin sollte das Geschenk nicht vorher sehen.

Das konnte mein alter Herr nun so gar nicht begreifen. Schon an diesem Tag zeigte er dreimal auf das Paket und sagte: „Nimm's gleich mit." oder „Willst du das Paket nicht doch besser mitnehmen?" Es war ihm nicht klarzumachen, dass es sich um eine Überraschung für meine Freundin handelte. Das Paket liegt ihm schwer auf der Seele!

Vielleicht hab ich ja auch was falsch gemacht, vielleicht hab ich ihm nicht richtig erklärt, dass es kein Überraschungsgeschenk ist, wenn man vorher von der Überraschung weiß?

„Vater, ich hab dir doch gesagt, dass ich ihr Geschenk dann mitnehme, wenn ich euch abhole!"

„Ja, aber kriegst du das denn alles ins Auto?"

„Wenn ihr nicht inzwischen jeweils 100 Kilo zugenommen habt, schon!"

Das findet er nicht lustig, er lässt sich aber beruhigen: Das Auto ist groß genug für zwei ältere Herrschaften, einen Rollator und ein

Geschenk. Bis zu diesem Anruf.

„Naja", verabschiedet er sich, „ich wollte ja nur mal fragen!"

Als das Telefonat beendet ist, setze ich mich wieder an den Rechner. Ich starre auf den Bildschirm, aber es kommt nichts Entscheidendes zusammen - geschweige denn etwas Erotisches. Ich bin draußen. Jeglicher Versuch, mir den Anblick meiner Hauptdarsteller vor Augen zu führen, scheitert an der Stimme meines Vaters und an der Vorstellung, dass er plötzlich in dieser Szene auftauchen könnte. Ich werde rot. Gott sei Dank hab ich keinen Abgabetermin. So vergehen 20 Minuten, in denen ich Geschriebenes kurzerhand wieder lösche und zwischenzeitlich auch an meiner Erotik zweifle.

Dann klappert es an der Tür. Meine Freundin kommt herein. Ich stehe auf, gehe ihr entgegen, nehme ihr die Einkaufssachen ab. Sie fragt mich erstaunt: „Was ist denn mit dir?"

„Nichts, wir müssen nur mal ins Schlafzimmer. Ich muss da was ausprobieren!"

Spaßbremse documenta.

Moderne Kunst muss erklärt werden. Und sie bietet keine Antworten, sondern Fragen. Zum Beispiel: „Warum nur?"

Alle fünf Jahre findet in Kassel die „documenta" statt. Früher war das mal alle vier Jahre, aber früher war ja sowieso alles besser. Kassel wird in diesen 100 Tagen zur Weltkulturhauptstadt. Es dreht sich alles nur noch um Kunst. Und an allen Ecken und Enden gibt es dann Kunstsachverständige. Wer was auf sich hält, hat sich einen „documenta"-Führer besorgt und erklärt in schillerndsten Farben die Kunstwerke der Ausstellenden, samt geheimen, eigenen Deutungen. Auch mein Vater, der sonst eigentlich wenig mit Kunst zu tun hat, entwickelt sich dann zu einem Kenner der Materie. Voller Begeisterung wurde ich als Kind auf die „documenta" mitgenommen und hatte keine Ahnung, was um mich herum passierte.

Mein Kunstverständnis wurde durch die „documenta 6", im Jahre 1977, ins Leben gerufen. Meine Definition von Kunst war vorher bestenfalls vage oder bezog sich auf „Asterix und Obelix"-Comics und natürlich auf den Playboy, den ein Freund aus der Nachbarschaft seinem Vater gemopst hatte.

Einen allerersten Eindruck von dieser Ausstellung von zeitgenössischer Kunst im ahlen Neste bekam ich, als wir nachts am Fridericianum vorbeifuhren und ich an der Häuserfront ein umgedrehtes, leuchtendes „L" sah. Außerdem entdeckte ich zum ersten Mal den Laser, der vom Zwehrenturm über die Stadt strahlte. Als Science Fiction-Fan und begeisterter Raumschiff Enterprise-Gucker war der Laser für mich jetzt schon der Höhepunkt.

Und dann war er da: Der Tag, an dem die Familie einen Ausflug zur „documenta" machte. Wenn jetzt alles so toll werden würde, wie der nächtliche Laser: Ich wäre begeistert! Und so fuhren wir in die Stadt. Schon damals gab es in Kassel ein Parkplatzproblem. Das hatte die SPD gemeinsam mit der CDU geschaffen, damals brauchte es gar keine Grünen dazu. Aber mein alter Herr hatte einen Geheimtipp bei einer Tankstelle, bei der auch Parkplätze zur Verfügung gestellt wurden. Ungefähr da, wo heute der Ufa-Filmpalast steht, an der Kasseler Trompete. Schnurstracks machten wir uns dann auf, in das Herz der „documenta 6" am Friedrichsplatz.

Und das erste, was mir da ins Auge stach, war ein Kunstwerk, das aussah, als ob zwei betrunkene Kranführer Stahlplatten aneinandergestellt hatten. Und jetzt hofften sie, das Konstrukt würde halten. Und dass ihr Chef nichts bemerkte. Die Stahlplatten waren rostig-braun und um mich herum waren begeisterte Erwachsene, denen das Kunstwerk außerordentlich gefiel. Ich war verwirrt. Selbst meine Legotürme sahen gerader aus als dieses seltsame Gebilde.

Überhaupt wurde auf dieser „documenta" viel gebaut. Der ganze Platz glich einer Baustelle. Nebenan war ein Bohrturm, wie man ihn von Aushubarbeiten kannte. Dort arbeitete man an dem vertikalen Erdkilometer. Es wurde ein 1000 Meter tiefes Loch gebohrt und mit verschraubten Messingstäben gefüllt. Ich sah den ganzen ausgehobenen Erdboden und dachte an den Bau einer Fahrradbahn rund um das elterliche Haus. Meine Mutter war von meinen Überlegungen nicht begeistert. Nebenbei bekam ich wildeste Diskussionen über Sinn und Zweck dieses sogenannten Kunstwerkes mit. Was sollte ein Bohrturm mit moderner Kunst zu tun haben? Ich hörte nur mit einem halben Ohr zu. Für mich stand fest: Meine selbstgemalten Bilder sind immer nur dann schön, wenn die Häuser auf meinen Bildern gerade aussehen. Und wenn danach der Schreibtisch ordentlich ist.

Wenn ich mir aber jetzt dieses schiefe Stahlplattengebilde und dann auch noch die Baustelle ansah? Das eine war krumm, schief und rostete und das andere machte Lärm und stank! Und das sollte Kunst sein? Unglaublich ... Das Missverständnis sollte sich erst Jahre später aufklären. Nicht etwa der Bohrturm war das Kunstwerk, wie so mancher „documenta"-

Besucher und auch ich dachten, sondern das gefüllte Loch. Es sollte daran erinnern, dass im Fridericianum die historischen Gerätschaften zur Himmels- und Erdvermessung beheimatet sind und gleichzeitig sollte der Betrachter dazu eingeladen werden, über den Ort des Menschen in der Welt nachzudenken. Nun ja,... Dann ging es in die Aue und dabei kamen wir an einem seltsamen Rahmengebilde vorbei, das die Ausmaße einer Kinoleinwand hatte. Aber da war so viel Gedränge, dass wir dort später nochmal schauen wollten.

Auf der Karlswiese vor der Orangerie stand dann allerdings ein Kunstwerk, das meinen Respekt verdiente: Tante Olgas Traumschiff! Vor mir stand ein riesiges Faltboot. Mein erster Gedanke: „Wie groß nur musste das Blatt Papier sein, das der Künstler gefaltet hatte???" Ich war neidisch. Dass der Künstler Anatol, der scheinbar keinen Nachnamen besaß, mit diesem „Papierfaltschiff" über die Weser und Fulda angereist war, um zur documenta zu kommen, beeindruckte mich gar nicht. Meine Papierschiffchen schwammen ja auch. Als ich dann aber über den Rand in das Traumschiff klettern wollte, bekam ich prompt wieder Ärger. „Lass das, das ist Kunst!", wurde ich angewiesen. Na klasse, die Kunst verbietet also alles, was Spaß macht, war meine kindliche Reaktion.

Ebenso fand sich in der Karlsaue eine über 100 Meter lange Balancierstange, die kindgerecht nicht in der Luft hing, sondern am Boden festgemacht war. So konnte man nicht herunterfallen. Es waren in regelmäßigen Abständen Pfeiler im Boden eingelassen, man konnte sich also abstützen. Schön, endlich mal was zum Spielen! Allerdings hatte das Konstruktionsteam den Künstler wohl missverstanden oder der Künstler hatte keine Ahnung von Kindern. Die Pfeiler waren in einem Abstand von sieben Metern in den Boden gerammt. Nachdem ich einmal auf der Balancierstange entlang gerannt bin, kam ich zu dem Ergebnis: Zum Spielen vollkommen ungeeignet.

Wir gingen über den Rosenhang zurück zum Staatstheater. Dort stand ja immer noch das seltsame Gebilde, das bis in den Hang neben der Gustav-Mahler-Treppe reichte. Die lange Schlange war immer noch da, aber meine Eltern wollten unbedingt schauen, was es am Ende dieser Struktur zu sehen gab. Also hieß es warten. Schrittchenweise kamen wir unserem Ziel näher. Nun war der Gang nicht gerade breit, wir mussten also hintereinander hertippeln. Und dann war auch das Problem, dass die Leute, die schon vorne waren, wieder zurück mussten. Hatte der Künstler vielleicht nicht bedacht, dass so viele Menschen hier hoch wollten? Und was konnte diese Menschenmenge nur bewogen haben, hier hochzugehen? Das kann doch nur was ganz besonderes sein! Mein Gedanke war: „Vielleicht gab es am Ende der Schlange, also ganz vorne, wo dieser seltsame Rahmen war, Eis für alle?" Nach einigen „Dürfen wir mal vorbei?" und „Warten Sie, ich lehne mich nach rechts und dann können Sie durch" und „Nun drängeln Sie doch nicht so!", kamen wir zum Ende des Kunstwerkes. Wie groß war meine Enttäuschung! Ungefähr genauso groß wie damals, als ich als Zwölfjähriger mit meinem Vater ins Kino musste. Er hatte „Doktor Schiwago" ausgesucht. Für einen Zwölfjährigen sind die innerpolitischen Probleme des untergehenden Zarenreichs und der entstehenden Sowjetunion genauso spannend wie ein seltsames Gebilde, an dessen Ende es noch nicht mal Eis gab!

Und so war es dann auch: In dem überdimensionalen Bilderrahmen war ein schiefes Drahtgeflecht angebracht, durch das man auf die Orangerie schaute. Und das war´s! Nichts weiter! Schluss! Aus!

Nicht nur, dass ich den Effekt, den der Künstler bewirken wollte, gar nicht nachvollziehen konnte, weil ich noch zu klein war. Nein! Es gab auch kein Eis! Nur diesen schiefen Rahmen, der mir im Kunstunterricht höchstens eine Vier eingebracht hätte. Was war hier nur los?

Das war dann glücklicherweise der Moment, als meine Eltern beschlossen, nach Hause zu wollen. Ich erhob keinen Einspruch. Auch von meinen Geschwistern kam kein Protest. Auf dem Weg zum Wagen war ich sehr schweigsam.

Ich kam zu dem Entschluss, dass wohl alles Kunst sein kann, wenn man es nur wollte.

Seltsamerweise sah das meine Kunstlehrerin anders. Als ich nach dem „documenta"-Besuch ein fertiges Kunstwerk bei ihr abgab, bei dem ich ihre Vorgaben im Sinne der zeitgenössischen Kunst interpretierte, sagte sie mir: „Da kann man ja gar nichts erkennen! Fünf." Auch meine Erklärungen mit dem Bezug auf die „documenta" brachten sie nicht von ihrem Urteil ab.

Tja, die „documenta" und ich haben es versucht. Wir waren beide mit bestem Willen dabei. Aber wir haben keinen Draht zueinander gefunden. Das sollte sich erst in späteren Jahren ein bisschen ändern.

Kunst!

Veganer wider Willen.

Ist eine Mahlzeit ohne Fleisch
eine richtige Mahlzeit? Im
Krieg und in der Liebe ist alles erlaubt!

Ich liebe Fleisch. In fast jeglicher Variante und Form. Und dann ist es naheliegend, dass für mich zu einem guten Mittagessen Fleisch auf den Tisch kommt. Nudeln mit Fleischfüllung lasse ich auch gelten. So war es für mich ein kulinarischer Glücksfall, als ich mit meiner Freundin zusammenkam. Zum ersten Mal in meinem Leben aß ich Schweinerouladen und war prompt - verliebt. In meine Freundin? Ja, auch. Aber die Schweinerouladen waren echt bombastisch! Anja öffnete mir die erlesene Kochpforte in ein neues Esserlebnis.
Aber leider sind wir im Leben immer wieder Veränderungen unterworfen. Es kam der, für mich, sehr traurige Tag, an dem mir meine Freundin eröffnete, dass sie sich der veganen

Ernährung zuwenden würde. Nicht in erster Linie aus Gründen der Ethik, sondern aus Gründen der Gesundheit. Die moderne Medizin stellte meinem Fleischgenuss also ein Bein. Da aber auch ich mit dem übermäßigen Fleischgenuss in letzter Zeit so meine Schwierigkeiten hatte, entschloss ich mich, für einige Zeit vegetarisch zu leben.

Allerdings ist in manchen Dingen meine Freundin preußischer als der alte Fritz. Und Ernährung ist so ein Ding. Im Nu hatte sie sich einige vegane Kochbücher besorgt und fing an zu experimentieren / kochen. Ich hatte es da ein bisschen einfacher. Ich ließ einfach das Fleisch weg und schon hatte ich mein Gericht. Und ich fühlte mich sogar besser nach dem fleischfreien Genuss. Klasse, meine vegetarische Epoche konnte beginnen. Schwierig wurde es allerdings ungefähr nach anderthalb Wochen. Ich bin ein Fastfood Junkie. Amerikanische Delikatessenrestaurants und Pizza Bringdienste sind meine Achillesferse. Bin ich in der Stadt und komme an einem solchen Laden vorbei, ist es um mich geschehen. Hab ich abends keine

Lust zu kochen, gibt's Pizza frei Haus. Wochenendeinkauf und zum Abschluss ein wunderbar belegtes Hühnchenbaguette. Auf lange Sicht gaben diese fetttriefenden, cholesterinreichen Kalorienbomben meinem vegetarischen Kreuzzug den Todesstoß. So schloss ich mit mir einen Kompromiss: Ich würde in der Woche möglichst wenig Fleisch essen und am Wochenende genießen.

Nun ist es aber so, dass für einen „eingefleischten" Esser manche Gerichte ohne Fleisch genauso aufregend sind wie Tiefseetauchen im Gartenpool. Es fehlt die Belohnung, wenn man sein Gemüse gegessen hatte. Jetzt gab es zur Belohnung eine Kartoffel oder eine Pommes. Fisch war und ist für mich eine schlechte Alternative, weil ich ihn einfach nicht mag. Da helfen dann auch die vielen Stimmen, die ich dann höre, nicht, die mir sagen, dass es soooo schönen Fisch gibt. Um leidigen Fischdiskussionen aus dem Weg zu gehen, erwähne ich in Zukunft meine spontan aufgetretene Fischallergie. Man lockt auch keinen Fruktoseintoleranten mit dem Hinweis auf die wunderschönen Erdbeeren.

So hätte es für mich dann auch weitergehen können. In der Woche möglichst fleischfrei, am Wochenende könnte geschlemmt werden. Leider hatte ich bei dieser Prognose meine Freundin vergessen. Es kam, wie es kommen musste. Ich besuchte sie am Wochenende in Berlin und wir versuchten einzukaufen. Bei den Dingen, die mir das Wasser im Munde zusammenlaufen ließen, verdrehte sie die Augen und bei den Dingen, die sie gerne wollte, wünschte ich mich umgehend weit weg. Spontan lud ich sie zum Essen ein. Klippe umschifft - aber leider nur für diesen Augenblick. Meine Freundin eröffnete mir später, dass sie das doof finden würde. Wir würden gar nicht mehr zusammen kochen und sie wolle nicht ständig Essen gehen, wenn ich in Berlin wäre.

Jetzt war guter Rat teuer. Ich muss gestehen, dass mich die Rezepte in den veganen Kochbüchern so sehr reizten, wie einen Verdurstenden eine Handvoll Saharasand. Ich lenkte also ein: Wir würden fleischfrei kochen, aber bitte nicht vegan. Und wie durch Zauberhand fand dann aber immer wieder ein Stück Fleisch seinen Weg auf meinen Teller. Der kluge Mann baut vor! Entweder ignorierte es meine Freundin oder sie nannte mich „gemein" und schlimmere Dinge. Meine Hinweise, dass sie ja auch Fleisch essen könnte, tat sie mit einem verzogenen Gesicht und dem weinerlichen Hinweis ab, dass sie doch kein Fleisch essen wolle.

So jonglierten wir, bis wir dann zusammenzogen. Und wie das so bei einem Umzug ist, man isst das, was da ist. Ernährung ist sekundär, solange der Küchentisch noch bei Ikea steht. Doch auch diese Zeiten gingen vorbei. Irgendwann stand unsere Wohnung soweit, dass wir ein geregeltes Leben beginnen konnten und schon hatte uns das Kochproblem eingeholt. Die leidige Frage, was wir morgen kochen würden, wurde von meiner Freundin folgendermaßen beantwortet: „Ich darf ja nicht vegan kochen!" Diese Vorwürfe hatte ich irgendwann satt und stürmte auf der Stelle in die Küche, schnappte mir einen Stapel

Kochbücher und Zeitschriften, von denen ich ausging, dass sie vegan waren. In ihrem Beisein blätterte ich diese Vorlagen durch und stieß auf Anhieb auf einige Rezepte, die mir schmackhaft und essbar aussahen. Jetzt nur durchhalten und irgendwann hat sich das Problem auch erledigt. Anja war glücklich und ich biss die Zähne zusammen - ergibt ja auch ein Grinsen.

Und dann kam das Wochenende, an dem wir zusammen kochen wollten. Es wurde ein Haufen von Gemüse und anderem Grünzeug geschält, halbiert und vorbereitet. Höhepunkt war der Spargel, den es mit dem Essen geben sollte. Als Kind konnte man mich damit scheuchen. Inzwischen aß ich ihn sehr gern. Interessant, dachte ich, es gibt tatsächlich Essen, für das man ein bestimmtes Alter erreicht haben musste.

Ich ergab mich also dem veganen Kochwahn! Aber auf was man alles zu achten hatte. Ich durfte keine Brühe mehr zum Würzen benutzen. Ein Griff zur Milch und sofort kam der Alarmruf: „Die kannst du nicht benutzen - die ist nicht vegan!" Ich fragte dann irgendwann zurück, ob sie mich noch küssen würde? Unverständliches Gesicht meiner Partnerin. Meine durchaus logische Antwort: „Ich bin nicht vegan!"

Für die Suppe brauchten wir „Misopaste". Noch nie gehört. Irgendwann gab sie irgendwas in den Topf und erklärte: Das ist Agar Agar. Wenn etwas schon einen Namen hat, der sich anhört wie der Sprechversuch eines Babys, dann verdient das mein Vertrauen nicht! Während des Kochens fragte mich Anja nach dem „Tempeh". Ich antwortete: Houston an Anja - wir haben ein Problem! Was ist Tempeh? Die Frage hätte ich nicht stellen sollen. Das gemeinsame Kochen wurde zu einer Unterrichtsstunde. Sehnsüchtig dachte ich währenddessen an den Grill, der draußen auf unserem Balkon stand und mich mit Versprechungen von Bratwürsten, Nackensteaks und Grillkäse lockte.

Aber dann hatten wir es geschafft. Vor mir stand mein erstes, bewusst hergerichtetes veganes Mittagessen. Es sah bunt aus und... nee, das war der einzige Vorteil.

Zwischenzeitlich kam es zu einem kurzfristigen Versagen der Augen-Hirn-Kommunikation, weil mein Hirn keine vernünftige Rückmeldung über das Vorhandensein von Fleisch bekam! Und Hunger hatte ich auch keinen mehr. Aber egal, es galt mir die Veganerin zu meiner Linken gewogen zu machen. Wenn Herkules seine Aufgaben bewältigt hatte, Brandt in Warschau niederknien konnte und Kim Jong-un auf seine Atomwaffen verzichten wollte, dann konnte ich auch dieses Gericht essen. Und ich tat es.

Fazit: Ja, das kann man schon so machen, dann ist es aber... gar nicht mal so schlecht, liebe Anja! Und gesund ist es ja auch. Sag mal, warum haben wir denn eigentlich so lange damit gewartet? Hättest das ja mal ein bisschen früher ausprobieren können. Ach, übrigens: Ich muss gerade mal los, Zigaretten kaufen!

Ein abendlicher Besuch 2

Ein Kreuzverhör mit Gott?
Dann sollte man doch auch mal
die Opposition hören, oder?

Immer wieder hab' ich mit Kopfschmerzen zu kämpfen, die in der Nacht kommen. Manchmal denke ich, das liegt daran, dass ich zu wenig trinke oder weil ich sowieso ein Migränekind bin. Wenn ich der Werbung Vertrauen schenken würde, könnte es auch daran liegen, dass mir das richtige Kopfkissen fehlt.

Helfen tun mir die Erklärungen dann auch nicht und so vertraue ich in solchen Momenten der pharmazeutischen Industrie. Und in einer kalten, feuchten Herbstnacht war es wieder soweit. Kopfschmerzengeplagt verließ ich mein warmes Bettchen, um den Verheißungen einer Kopfschmerztablette nachzugehen.

Im Wohnzimmer brannte Licht. Moment,

dachte ich, das hatten wir doch schon. Ich lugte vorsichtig in den Raum hinein. Auf dem Sofa saß ein Mann um die vierzig. Sportliche Erscheinung, Dreitagebart in einem dunklen Anzug. Aufmunternd lächelte er mich an.

Ich (leicht verunsichert und verzweifelt versuchend, entspannt zu wirken): „Und wer sind Sie jetzt?"

Mann: „Du solltest dich geehrt fühlen. Zigarette? Vielleicht bist du dann ein bisschen entspannter."

Ich: „Vielleicht sollte ich doch erst mal die Polizei rufen!"

Mann: „Ach bitte! Ich möchte mich doch nur mit dir unterhalten. Mit meinem Ex-Boss hast du doch auch geredet. Also komm, setz dich, was soll schon groß passieren?"

Ich (stotternd): „Sind..., sind Sie..., der...?"

Mann (mich jetzt noch breiter angrinsend) „Aber natürlich. Ich bin der Teufel! Oder Luzifer oder Asmodäus oder Schaitan. Du kannst mich aber auch ganz literarisch Mephisto oder Beelzebub nennen. Auf Island wäre ich übrigens

Kölski. Und Ördög in Ungarn. Und jetzt wäre es schön, wenn du dich setzen würdest und wir plaudern ein wenig!"

Mit diesen Worten schob er mir ein Päckchen Zigaretten zu. Es war natürlich meine Marke und schon war ich in der Zwickmühle. Ich seufzte, überlegte mir, ob meine Seele nicht schon längst verloren war und setzte mich. Umständlich zündete er sich eines der weißen Stäbchen an, inhalierte, stieß den Rauch aus den Nasenlöchern aus und grinste.

Ich: „Und welchen Namen soll ich jetzt nehmen?"
Teufel: „Wie wäre es mit Lu?"
Ich: „Dann also „Lu". Sie sind also der zweitmächtigste Mann auf Erden."
Lu: „Wer sagt, dass ich ein Mann bin? Könnte das nicht ein bisschen ignorant und frauenfeindlich sein?"
Ich (leicht verwirrt): „Gut, stimmt. Wäre die zweitmächtigste Entität besser?"
Lu: „Bleiben wir bei „Mann". Ist auch einfacher,

dann erspare ich mir das Umziehen."

Ich: „Ich habe nicht gedacht, dass der Teufel so fit aussehen würde. Treiben Sie Sport?"

Lu: „Was soll ich sagen, in deinen Zeiten hab' ich nicht viele Gelegenheiten, mich auf die faule Haut zu legen. Erinnert mich irgendwie an das Mittelalter. Es geht zwar alles etwas zivilisierter zu, aber im Endeffekt könnten das goldene Zeiten für mich werden. Und da muss man präsent sein."

Ich: „ Ist die Menschheit denn so schlecht geworden?"

Lu „Ich glaube, dass das auf den Standpunkt des Betrachters ankommt. Ihr seid nicht wirklich schlecht, aber auch nicht gut. Und fürchterlich einfach zu manipulieren."

Ich: „Aber das gilt doch nicht für alle Menschen!"

Lu: „Zu manipulieren ist jeder. Es kommt immer nur auf den Druckpunkt an. Und dann wird aus etwas vermeintlich Gutem ein kleiner Krieg. Schwierig wird es bei den Einfältigen und den Fanatikern. Ich bin nur froh, dass die Fanatiker meist in meiner Liga spielen."

Ich: „Dann müssen Sie ja viel unterwegs sein, oder?"

Lu: „Das bin ich, das bin ich."

Ich: „Und wie sieht es da mit Freizeit aus?"

Lu: „Wenn man seinen Beruf so liebt wie ich, braucht man nicht viel Freizeit. Aber sollte ich wirklich mal ausspannen wollen, geht's nach Las Vegas. Ich mag diese Mischung aus Glitzer, Verruchtheit und Geld. Genau das Richtige, um die Batterien wieder aufzuladen. Obwohl es in den 60er Jahren dort lustiger war.

Wenn ihr Deutschen nicht so fürchterlich empfindlich wärt, könnte man auch hier viel Spaß haben. Euer kollektives Schuldbewusstsein wird langsam echt nervig. Könnte das mit eurem ewigen Blick in die 30er - 40er Jahre des letzten Jahrhunderts zu tun haben?"

Ich (schweige unbehaglich): „..."

Lu: „Oh, ich bin aber nicht hier, um dir ein schlechtes Gewissen zu machen. Ich wollte mich einfach nur ein bisschen unterhalten. Das kommt manchmal viel zu kurz. Ich mag Wildwasserrafting und, aber bitte nicht weiter verraten, Domino.“

Ich (wieder ein bisschen entspannter): „ … die Pizza?“

Lu: (leicht gereizt) „Nein, das Spiel!“

Ich: (ein bisschen ungläubig): „Sie mögen Domino?“

Lu: „Und Minigolf. Weil man dabei so fokussiert sein muss. Und ich analysiere gern, was ich in der Vergangenheit falsch gemacht habe. Wenn man gegen seinen Ex-Chef antritt, muss man sich auch selbst reflektieren.“

Ich: „Wie ist denn so das Verhältnis zu ihrem Ex-Chef?“

Lu: „Ich glaube, es gibt kein Verhältnis in der Geschichte, das so falsch dargestellt wird, wie unseres. Zumal ich ja am Anfang auch in seinem Team mitgespielt habe.“

Ich: „Aber Sie haben sich gegen ihn gewandt.“

Lu: „Ich würde es eher so sehen, dass ich ein Opfer der Umstände geworden bin. Stell dir doch mal vor, wie das wäre: Eine Welt, in der es nur Sonne gäbe. Keiner würde den Schatten kennen. Wenn du dein Leben lang Kartoffeln gegessen hättest, könntest du mit dem

Geschmack von Kiwis gar nichts anfangen."

Ich: „Aber wenn der Mensch die Sünde nicht kennengelernt hätte, gäbe es nur Glückseligkeit."

Lu: „Und du glaubst, das würde euch Menschen glücklich machen. (Er rutschte auf der Couch nach vorne, stützte sich auf den Knien ab und fixierte mich eindringlich.) Ihr habt es doch jetzt in der Hand. Dann macht doch einfach JETZT aus der Erde ein Paradies!"

Ich: (zurückhaltend) „Für einen einzelnen ist das doch eine recht große Herausforderung."

Lu (setzt sich triumphierend zurück) „Dann scheinst du ja auch ein Opfer der Umstände zu sein."

Ich: „Haben Sie schon mal an sich selbst gezweifelt?"

Lu: „Ja, auch das kommt vor. Im Prinzip mache ich ja nichts anderes als der Chef. Ich biete euch Dinge, wenn ihr mir huldigt. Aber irgendwie ist das mit der Zeit gar nicht mehr so einfach. Heutzutage interessiert es wirklich niemanden mehr, wenn ich als brennender Dornenbusch auftrete. Sobald ich sowas mache, kommt bestimmt irgendein Wissenschaftler daher und erklärt, dass das mit Sonneneruptionen oder dem Klimawandel zusammenhängt. Ich kann dir sagen, deine Zeit ist dabei, ihre Magie zu verlieren, weil ihr alles gleich und sofort wissenschaftlich erklären wollt. Kein Wunder, dass mein Ex-Chef dabei auf der Strecke bleibt. Aber ich will mich ja nicht beschweren. Mit der Zeit bin ich sowieso dahinter gekommen, dass es viel einfacher ist, wenn ich Aufgaben delegiere."

Ich: „Und wie geht sowas?"

Lu: „Denk doch mal an Dinge wie das Schneeballsystem, Sex-Hotlines, E- Zigaretten, Fracking oder die Börse. Da lässt sich eine Menge Unsinn verbreiten und hin und wieder kommt es zu einem lustigen Crash."

Ich: „Dann hätten wir bei solchen Dingen also tun und lassen können, was wir wollten, die Crashs wären sowieso passiert?"

Lu: „Also ich würde mir ja gerne das Verdienst für diese Unannehmlichkeiten zuschreiben. Aber ihr Menschen habt ja auch eine Eigenverantwortlichkeit. Ich zeige euch nur einen Weg - ihr beschreitet ihn."

Ich: „Aber wie soll man dann wissen, welche Entscheidung die richtige ist?"

Lu: „Tja, dazu hast du ja ein Hirn und ein Herz, die dir mitteilen, welche Entscheidung die richtige ist. Vielleicht ist es der erste, instinktive Entschluss, die der Mensch bei einem Geschehen trifft. Aber ganz ehrlich, warum sollte ich dich erleuchten?"

Ich verfiel in Grübeln. Ich kam zu dem Entschluss, dass auch wenn es eine höhere Verantwortlichkeit gibt, der Mensch nicht einfach die Hände in den Schoß legen und sagen kann: „Soll es halt so sein!" Gerade wollte ich das meinem Gesprächspartner mitteilen, als ich merkte, wie ich immer müder wurde und mir die Augen drohten zuzufallen. Ich hörte noch, wie Lu sagte:

„Deshalb hat der Ex-Häuptling ja auch gesagt, macht euch die Welt untertan. Er hat nicht gesagt: „Jetzt beutet sie mal schön aus!" Wer sich für die Krone der Schöpfung hält, sollte sich nicht benehmen wie ein Elefant im Porzellanladen. Ihr habt Verantwortung! ... Aber was erzähle ich hier? Ihr macht das schon alles richtig so!

Das letzte, was ich sah, bevor ich einschlief, war ein dämonisch lächelnder Teufel, der sich langsam in Luft auflöste. Als ich wieder die Augen öffnete, war das Sofa leer und ich hatte keine Kopfschmerzen mehr. Draußen war es hell und die Vögel zwitscherten.

Ich bin der Geist, der stets verneint, oder so ...

Die Bratpfanne der Realität.

Wichtig ist: Kommunikation! Doch wie
soll man kommunizieren, wenn sein Gegenüber
einem immer ins Wort fällt? So was fällt
dem Unterbrecher nur nie auf ...

An einer Beziehung muss man arbeiten. Das wissen deine Freunde, deine Eltern und jeder Therapeut wird dich drauf aufmerksam machen. Über manche Unzulänglichkeiten täuschen dich die ersten Wochen und Monate der Verliebtheit hinweg, aber irgendwann schleicht sich die Wirklichkeit von hinten an dich ran und haut dir die Bratpfanne der Realität mit voller Wucht um die Ohren. Wahrscheinlich hat „sie" auf dem Boden ein Krümelchen gefunden, das dir mutwillig beim Brötchenschmieren in selbstmörderischer Absicht vom Teller sprang und auf den Boden fiel. Jetzt schaut sie dich mit diesem energisch-vorwurfsvollen Blick an und zischt: „Wir müssen unbedingt die Wohnung sauber machen!" Oder sie will mal wieder ihre Eltern einladen, weil sie ja solange nicht mehr zu Besuch waren und du genau weißt, dass du wieder eine wunderbare Diskussion mit ihrem Vater darüber führen darfst, dass du seiner Tochter nicht das bietest, was sie verdient und du deinen Wert unter dem Preis verkaufst!

Wie bin ich nur auf den Gedanken gekommen, dass es bei mir anders sein würde?

Meine Lebensgefährtin hatte eine ganze Reihe von wunderbaren Eigenschaften, die es für mich eigentlich gar nicht bräuchte, um mir zu wünschen, mit ihr zusammen zu sein. Sie bringt mich im positivsten Sinne um den Verstand. Deshalb liebe ich sie.

Leider klappt das mit dem „Um-den-Verstand-bringen" aber auch im negativen Bereich.

Zum Beispiel bezieht sie von mir gemachte allgemeine Aussagen sofort auf sich selbst. Das ist doch nicht so schlimm, sagen Sie? Das kann man doch in einem Gespräch klären. Tja, leider ist es nicht ganz so einfach. Besonders wenn ich ihr von einer Begegnung oder einem Vorfall erzählen will und sie mir nach zwei, drei Sätzen ins Wort fällt, um den Vorgang ihrerseits richtig zu stellen. Sie war zwar gar nicht dabei und sie weiß gar nicht, wie meine Geschichte endet, aber ihr vorrangiges Ziel scheint zu sein, mögliche Missverständnisse im Vorfeld zu beseitigen. Dabei erinnert sie mich immer an einen Revolverhelden im Wilden Westen. Erst schießen, dann fragen!

„Ich war doch in der Markthalle und hab Rührei gegessen."

„Ja, wie war es denn?"

„Schön. Weißt du, die machen doch immer Milch ins Rührei …!"

„ICH mache immer Milch ins Rührei!"

Mein Kopf dröhnt von einer Sekunde auf die nächste. Mir schießt das Blut in die Ohren, es rauscht nur noch. Da war sie: Die Bratpfanne der Realität.

Eigentlich sollte meine Rührei-Geschichte darauf hinauslaufen, dass ich mir jedes Mal vornehme, meine Freundin nach der Mengenangabe der Milch zu fragen oder zu googeln, was ich aber immer wieder vergesse.

Aber die beste Lebensgefährtin von allen hat mir den Wind aus den Segeln genommen. Von einem Moment auf den anderen weiß ich gar nicht, was ich sagen soll:
Mein Hirn bieten mir mehrere Möglichkeiten. Ich könnte jetzt sagen:

„Darum geht's doch gar nicht" (Das ist zwar richtig, aber mir zu plump). „Dein Rührei ist aber trockener als das in der Markthalle!" (Der Verlauf der Unterhaltung würde dadurch einen komplett anderen Verlauf bekommen.)
„Kann ich bitte mal ausreden!?" (Wäre angemessen, wenn... ja, wenn.)

Meine Freundin fällt mir gerne, sehr gerne ins Wort. Würde ich davon ausgehen, dass sie das absichtlich macht, müsste ich sie wohl erschießen. Aber meist fällt es ihr gar nicht auf. Wenn ich gut drauf bin, mache ich sie darauf aufmerksam oder sage kein Wort und schaue sie nur an, bis ihr klar wird, dass sie mir schon wieder das Wort abschneidet. Wenn ich schlecht drauf bin, nun ja, dann werde ich

ungehalten. Dann kann es schon mal vorkommen, dass ich sie frage:
„Sind meine Worte für dich so unwichtig, dass du nicht mal daran denkst, dass ich gerne ausreden möchte?"
Böse, nicht wahr? Aber es wirkte. Für einen Moment. Ich glaube, es waren so 2 - 3 Tage.

In stillen Momenten frag ich mich dann auch schon mal, warum ich so sehr darauf beharre, ausreden zu dürfen. In diesem Fall wird „Erziehung" zu einem Bumerang. Die Königin aller „Ins-Wort-Faller", meine Mutter, hat mich dazu erzogen, andere Menschen ausreden zu lassen. Dass sie selbst sich kaum an ihre Erziehungsvorschrift hielt, lag dann wohl eher daran, dass sie in einer sehr lauten Familie aufwuchs und ich immer wieder den Eindruck hatte, nicht derjenige darf den Satz beenden, der ihn anfing, sondern derjenige, der die lauteste Stimme hatte. Sei es drum.

Ich hatte auch schon Freundschaften beendet, weil ich meine Sätze kaum beenden durfte. Wie sehr schätzt A wohl B, wenn A B immer wieder unterbricht. Und wenn man merkt, dass es einem nicht gut tut, immer wieder die Zunge einzuziehen, weil der andere in seinem Wortschwall nicht zu stoppen ist, sollte es erlaubt sein, Notbremsen zu ziehen.

Jetzt ist der Wunsch ausreden zu dürfen aber eine zweischneidige Sache. Böse Zungen in meiner Umgebung behaupten, ich würde zu Monologen neigen. Das wollte ich natürlich zuerst lautstark verneinen. Ich war schließlich das Opfer und nicht der Täter. Aber dann dachte ich nach:

Wenn die einzige Kneipe, in die du Zugang hast, nur dreimal im Jahr geöffnet hat, dann gehst du hin und trinkst und trinkst und trinkst - bis du nicht mehr kannst und der Wirt dich rausschmeißt!

Was hat das jetzt mit mir zu tun?

Da ich es ja gewohnt bin unterbrochen zu

werden, rede ich dann auch meist so lange, bis ich unterbrochen werde und kann dann beruhigt feststellen: „Du hast mich gerade unterbrochen… !"

Und vielleicht ist das auch der Grund, warum ich gerne schreibe. Beim Schreiben kann mich wenigstens keiner unterbrechen!

Meist knallt es in den Momenten, in denen Mann es am
wenigsten erwartet!

Im dunklen Reich der Ekstase.

Der Körper stellt schon seltsame Dinge
mit einem an. Wenn sich
dazu noch der Geist gesellt -
kann das Ergebnis nur sehr abenteuerlich sein.

Manchmal erwischt es mich ganz unverhofft. Meine Gedanken bleiben an irgendeinem Punkt hängen und katapultieren mich in die Vergangenheit zurück. Neulich beim Duschen war wieder so ein Moment. Fragen Sie mich nicht, warum ich gerade beim Waschen meiner Haare an meinen ersten und letzten Besuch in einem Swingerclub denken musste, aber es war so. Meine Gedanken hatten das Tor zu dieser Erinnerung geöffnet und sofort ergossen sich zum seifenschaumgeschwängerten Wasser die wiederbelebten Momente dieses denkwürdigen Besuchs.

Es war Anfang der Neunziger Jahre. Für mich war das sowieso ein schlimmes Jahrzehnt. Zu allem Überfluss war ich seit zwei Jahren Single und die damalige Abfuhr steckte mir noch so sehr in den Knochen, dass ich alles Weibliche mied. Allerdings forderte mein Körper in immer kürzer werdenden Schüben Ekstase ein. Nicht die Ekstase, die man erlebt, wenn man bei Rot über die Ampel fährt oder im Sonderschlussverkauf das letzte 5er Pack T-Shirts ergattert. Nein, schnöder, stupider Sex. (Wobei es dabei ja immer darauf ankommt, was man daraus macht!)

Also - mein Körper wollte mehr, als sich nur von irgendwelchen Schmuddelfilmchen oder von mir selbst kurzfristig überlisten zu lassen. Körper und Geist waren sich schnell einig: Ja, es war schon lange her. Also, ... los geht's.

Leider hat es die Natur so eingerichtet, dass man zu einem traditionellen sexuellen Happening zu zweit sein muss. Und irgendwie hatte mein Geist meinem Körper noch nicht mitgeteilt, dass das mit Frauen gerade jetzt so ein Problem war. Ich fror quasi ein, wenn ich mit einer sprechen sollte. In guter Absicht hatten mich meine Freunde immer mal wieder Single -

Frauen vorgestellt und ich benahm mich wie Woody Allens „Stadtneurotiker". Das war keine Alternative.

Und an einem besonders langweiligen Donnerstagabend hatte ich mich entschlossen: Ich fahre in einen Swingerclub! Natürlich nicht irgendwo in der Nähe von Kassel. Wer weiß, wen ich da alles zu sehen bekam. Im Geiste sah ich schon eine Traube Vorgesetzter in Tanga oder Dessous lüstern an mir vorbeimarschieren. Äh, ... nein! Oder ich würde bei meinem Glück meine Ex-Freundin wiedertreffen. Meines Wissens besuchte sie solche Orte nicht. Aber inzwischen war sie mir ja vollkommen fremd. Hurra, das würde dann bestimmt ein gelungener Abend. Selbst meinem Körper verging bei dem Gedanken alles und jeder erotische Gedanke war für Stunden verbannt. Wohl wissend, dass diese mönchshafte Haltung nicht lange anhalten würde, machte ich mich an die Planung.

Ich wollte in den Ruhrpott fahren. In irgendwelchen dubiosen Zeitschriften hatte ich die Werbung von Deutschlands ältestem

Swingerclub in dieser Region gesehen. Ich glaube, ich las damals sogar etwas von „unkompliziertem Flirten" und „Erfolgsgarantie". Na, wenn das nicht vielversprechend war. Und wenn es sogar in der Zeitung stand - dann musste es ja wahr sein. Kurz entschlossen rief ich bei der angegebenen Telefonnummer an, ein sehr freundlicher Mann, der mich gleich duzte und ansprach, als wäre ich ein lang verschollener Freund, beschrieb mir den Weg und dass der Club im Industrieviertel total einfach zu finden sei.

„Schön, dass du anrufst! Pass auf: Der Club ist total einfach zu finden. Wenn du da und da von der Autobahn runterfährst, bist du sofort im Industrieviertel. Einfach der Hauptstraße folgen. Im hinteren Teil wird's ein bisschen schummrig, ist ja passend (freundliches Gelächter), da ist dann auch der Parkplatz. Einfach klingeln, ich mach dir dann auf!"

„Ja äh, …, schön. Sollte ich zu meinem Besuch etwas Besonderes tragen? Anzug oder so?"

„Nee, Hauptsache, du bist sauber. Bring Badelatschen mit. Sonst kannst du dich ganz normal anziehen!"

In meiner Erinnerung bin ich doch sehr über seinen Satz „Hauptsache, du bist sauber" gestolpert. Ich wusste aus meiner Tätigkeit als Physiotherapeut, dass manche Menschen, sagen wir, ein anderes Verhältnis zur Sauberkeit haben als andere. Aber auch zu mir war es schon durchgedrungen, dass man jeden Tag neue Unterwäsche tragen sollte. Den Hinweis mit den Badelatschen packte mein Hirn in die Schublade: Jetzt nicht drüber nachdenken - aber nicht vergessen! Mein Hirn und mein Körper waren sich darüber einig, dass ich Badelatschen nicht sehr erotisch fand. Und mit der Aussage „Sonst kannst du dich ganz normal anziehen!", machte mir mein Gastgeber da schon diesen Abend kaputt - aber davon wussten wir beide noch nichts.

Die Hinfahrt wurde zu einem der erotischsten Erlebnisse meines Lebens. Ich sah mich als splitterfasernackter Gigolo im lasziven Clinch mit ebenso splitterfasernackten weiblichen Schönheiten, die nur darauf gewartet hatten, dass ICH den Laden betrat und natürlich hatten alle diese Damen dafür ihre Karrieren bei Topmodel, Viktoria Secret oder Douglas aufgegeben. In Gedanken stürzte ich von einer wollüstigen Eskapade in die nächste und verpasste prompt die Ausfahrt in das Industriegebiet.

Und hier schaltete sich mein Geist zum ersten Mal wieder ein: Industrieviertel, stockdüster, riesige Parkplätze mit vereinzelten LKWs. Das Ganze passte eher in einen Tatort als in einen Porno! Aber mein Geist ließ sich sehr schnell von meinem Körper beschwichtigen.

Ich stellte meinen Wagen auf dem angegebenen Parkplatz ab, bewunderte die kaum vorhandene Leuchtreklame des Clubs und schickte mich an, die Klingel zu benutzen. Es war ein doch schon größerer Gebäudekomplex und ich musste ein bisschen warten, bis „er", mein freundlicher Telefonpartner, mir die Tür öffnete. Ich schaute also nochmal an mir runter. Auf einen Anzug hatte ich verzichtet, aber ich hatte mich schon etwas herausgeputzt.

Dann ging die Tür auf und ER schaute mich an,

streckte mir die Hand entgegen und zog mich sofort ins Gebäude. Ich kam gar nicht dazu, etwas zu sagen, da das erstens mein freundlicher Telefonpartner erledigte und das mit einer Vehemenz, die einem Dieter Thomas Heck zur Ehre gereicht hätte und zweitens meine Augen mein Gehirn zwangen, sich mit dem Äußeren meines Gegenübers zu beschäftigen. Meine Zunge kämpfte währenddessen mit einer Panikattacke: Ich sah einen Mann, um die vierzig, nicht mehr ganz schlank, dunkle Haare mit zu langen Koteletten und Brille, äußerst buntes Hemd - nein, nicht bunt: schrill! So weit aufgeknöpft, dass ich fast bis nach Jerusalem schauen konnte, abgesehen von dem Fell auf seiner Brust und der massiven Goldkette, weiße Jeans mit einer Gürtelschnalle von der Größe eines Autoschildes und dazu Badelatschen. In den 80ern hatte ich ja viele Kleidungsentgleisungen erlebt, ja freudestrahlend mitgemacht. Aber DAS war eindeutig zu viel für mich. Alles oberhalb des Halses meines Gegenübers war irgendwo in den 70ern steckengeblieben, während der Rest noch nicht genau wusste, wo er hinwollte. Er führte mich durch einen Flur und meinte dabei, er würde mir erst mal die Räumlichkeiten zeigen. Währenddessen rang sich mein Geist, von meinem Körper massiv dazu gedrängt, zu der Erkenntnis durch: Wenn dieser Mensch zwischen mir und den 1001 Leidenschaften stehen würde, die ich heute Nacht erleben sollte, dann würde ich das auch überstehen. We shall overcome!

Mein freundlicher Telefongesprächspartner zeigte mir zuerst die Umkleide und den Duschraum, der mich irgendwie an meine Realschule erinnerte. Danach gingen wir in den Clubraum mit Bar. An der hinteren Wand war eine langgezogene Theke mit Spiegeln. Dort war schon eine Dame damit beschäftigt, Gläser zu spülen und zu sortieren. Vor der Bar standen unendlich viele Sitzgelegenheiten, Sofas, Sessel und Tische, die alle eins gemeinsam hatten: Sie hatten nichts gemeinsam. Wahllos zusammengewürfelt. Dafür hatte ich Verständnis, Er hätte vermutlich ein Möbelhaus ausräumen müssen, um diesen Raum im selben

Stil einrichten zu können. Außerdem war ich hier nicht bei einer Einrichtungsmesse!

Auf der anderen Seite, neben dem Eingang, durch den wir kamen, führte eine Treppe ins Obergeschoss und daneben war eine kleine Bühne aufgebaut. Klasse, dachte ich, scheinbar treten hier auch irgendwelche Künstler auf. Ich dachte an Feuerjonglage oder Bodypainter. Dann sah ich, dass die Wand hinter der Bühne mit vielen Unterschriften verziert war. Ich drehte mich fragend zu meinem Telefonpartner um und er erklärte mir:

„Ja, das ist unsere Kleinkunstbühne. Wenn du es auf der Bühne mit deiner Partnerin geschafft hast, dann darfst du an der Wand unterschreiben!" DAS musste ich erstmal sacken lassen, ich glaube, ich wurde sogar rot. Ebenso bekam mein Körper einen Dämpfer und mein Geist beeilte sich zuzustimmen. Wir drei waren uns einig: DAS würde NICHT passieren!

Im Obergeschoss gab es einen großen und viele kleine Räume. Alle ausgelegt mit Matratzen und einer Kammer, die verschließbar war und an den Seiten mit Löchern in allen Größen gespickt war. Damals konnte ich mir noch keinen Reim darauf machen. Doch es sollte nicht mehr lange dauern, bis mir Erleuchtung widerfuhr. In einem hinteren Raum war ein Buffet aufgebaut. Klasse, dachte ich, hier bekommst du all die Kalorien zurück, die du spätestens in einer Stunde verbrauchst! Ich fragte nochmal nach, ob das Essen wirklich im Preis inbegriffen war. ER schmunzelte und sagte ja. Dann gab es noch einige Einzelduschen, die waren mir wesentlich sympathischer als der Turnhallenduschraum im Erdgeschoss. Damit war die Führung beendet.

Wir gingen runter und ich gesellte mich zu der Frau hinter der Bar. Das war mal ein netter Anblick. Angenehmes Gesicht, lange, dunkle Haare, rot-schwarzes Lackkostüm, schwarze Netzhandschuhe. Es störte mich gar nicht, dass es noch immer eigenartig leer im Club war. Ich wollte erst mal einen Kaffee bestellen, die Dame hinter der Bar entschuldigte sich und sagte: „Tut mir leid, Kaffee gibt's nicht. Aber wie wäre es mir einem Longdrink?" Ich entschied mich für eine Cola. Nach ungefähr zehn Minuten und mehreren erfolglosen Flirt-

Versuchen (Ich bin hier zum Arbeiten und das sollten wir vom Vergnügen trennen!) fragte mich die Bardame, ob ich mich denn nicht mal umziehen wollte? Ich schaute sie groß an! Umziehen? Ich dachte, ich bräuchte nichts Besonderes! So hatte ER es mir doch gesagt! Ja, aber ich wollte doch hier nicht in Jeans und Hemd sitzen bleiben. Ich hatte doch bestimmt etwas Nettes drunter. Ich schaute sie mit weit aufgerissenen Augen an. „Na ja", fühlte sie sich bemüßigt zu sagen, „die Leute, die du heute Abend kennenlernst, haben in der Regel sexy Unterwäsche an!"

Verdammt, das hatte mir keiner gesagt. Tja, und weil ich zum Zeitpunkt des Besuches auch noch kein Internet hatte (es war erst drei Jahre vorher der Öffentlichkeit vorgestellt worden), hatte ich auch nirgends fragen können. Langsam ging ich in Richtung Umkleide, in der sich auch schon die ersten Besucher tummelten. Beim Betreten wurde mein Hirn sofort mit mehreren Erkenntnissen konfrontiert:

1. Du musst dich bis auf deine Unterhose

ausziehen!

2. Die Herren, die sich hier umziehen, sehen nicht gerade wie Spitzensportler aus.
3. Du hast zwar eine frische Unterhose an, aber ...!
4. Wo sind die weiblichen Topmodelle?
5. UNTERHOSE!

So ein Swingerclub ist ja etwas für alle. Jegliches Geschlecht und jegliche Generation. Wenn ich im normalen Leben schon wählerisch bin, was meine weibliche Begleitung betrifft, so war ich es in diesem Etablissement erst recht. Jetzt bin ich aber körperlich auch nicht gerade ein Herkules. Wie konnte ich da erwarten, dass ich hier reihenweise Megan Foxes, Jessica Biels oder von mir aus auch Guilia Siegels betören könnte. Ich würde Lieschen Schmidt kennen lernen. Dass mich jetzt keiner missversteht, auch Lieschen Schmidt kann sehr erotisch sein. Aber sie war halt nicht Jessica Biel.

Und dann war für mich auch noch meine Reizwäsche ein Reizthema. Still verfluchte ich meinen freundlichen Telefongesprächspartner. Er hatte auch überhaupt nichts gesagt! Und ich hatte extra nachgefragt! Während ich so still vor mich hinfluchte, knöpfte ich erst mein Hemd auf und zog mir danach die Jeans aus. Und da war sie - Meine sexy Unterhose: Schiesser, Feinripp, weiß mit Eingriff. Ungefähr genauso erotisch wie … wie … wie, was weiß ich. Panik ergriff mich. Irgendwann setzte mein Hirn langsam wieder ein und ein sarkastischer Gedanke kam auf: Wenigstens bekommst ein verdammt teures Abendessen.

Der Rest des Abends ist schnell erzählt: Ich betrat wieder den Clubraum, setzte mich an die Bar und verblieb dort auch. Den ganzen Abend. Ich verließ meinen Platz nur zweimal, während um mich herum die Ekstase tobte. Einmal für die Toilette und einmal zum Essen. Ich lernte niemanden kennen. Weder Megan Fox, noch Jessica Biel und auch Lieschen Schmidt nicht. Die Erkenntnis des Abends: Wenn du mit deinem Körper zufrieden bist, kannst du alles. Wenn du dich noch nicht mal in deiner Unterhose wohl fühlst - bleib zu Hause!

Wer hätte auch gedacht, dass man im Swingerclub nur im
Schlüppi rumläuft!

Lena ist heute ckeck!

Verschlimmbesserung vom Feinsten.
Die deutsche Rechtschreibung!

„So viele Fehler in so einem kleinen Text. Respekt!" Diesen Post fand ich einen Tag später unter meinem geposteten Bild mit der Lyrik von Reinhard Meys „Über den Wolken" in den sozialen Medien wieder. Und immer wieder hab ich mit solchen Antworten zu kämpfen, denn ich hab Legasthenie und selbst mit meiner eigenen Definition davon kommen „Rechtschreibgesunde" nicht gut klar.
Zum ersten Mal hab ich meine Legasthenie in der Grundschule bemerkt. Das war Anfang / Mitte der 70er Jahre. Damals wurden noch regelmäßig Diktate geschrieben und regelmäßig bekam ich keine bessere Note als eine „4". Im heutigen Punktesystem der Schulen wären das nach Wikipedia 4-6 Punkte. Aber zu diesem Zeitpunkt war von einer

Rechtschreibschwäche oder gar einer Legasthenie meinerseits noch überhaupt keine Rede. Trotzdem kam so eine Note in einer Journalistenfamilie gar nicht gut an. Jetzt will ich aber nicht ungerecht sein. Die ersten schlechten Diktate wurden noch mit Wohlwollen aufgefasst. „Sowas kann ja mal passieren", „Ist ja nicht schlimm" und „Beim nächsten Mal wird es besser", waren die Reaktionen meiner Eltern. Leider wurde es das nicht. Die Noten pendelten sich irgendwo zwischen „ausreichend" und „ungenügend" ein.

Ein Diktat ist mir da noch in besonderer Erinnerung. In der Überschrift kam das Wort „keck" vor. Die Lehrerin hatte vor dem Diktat gesagt, dass man bei diesem Wort besonders aufpassen solle. Also betonte sie das Wort so, dass ihre Stimme bei dem Wort um mehrere Oktaven anstieg.

Lena ist heute *keck*!

Ich schrieb das Wort richtig. K – e – c – k. Dann überlegte ich mir, dass die Lehrerin doch gesagt hatte, das sei ein ganz besonderes Wort. Ich konnte keine Schwierigkeiten oder Besonderheiten erkennen. Warum hatte die Lehrerin das Wort so sehr betont? Da musste doch was sein… Also packte ich vor das erste „k" noch ein „c", in der Gewissheit, die „besonderen" Hinweise meiner Lehrerin richtig gedeutet zu haben. Ich hatte in meiner vermutlich dreijährigen Schülererfahrung noch kein Wort mit einem „c" am Anfang kennengelernt. Aber wenn man so viel Wert auf die Besonderheit des Wortes „keck" legte, dann musste das wohl so sein.

Meine damalige Lehrerin wird wahrscheinlich recht resigniert reagiert haben, als sie mein Ergebnis gesehen hat. Nun hatte sie das Wort doch extra betont und ich hatte „keck" trotzdem falsch geschrieben.

Er ist ja ein lieber Junge, aber bei Diktaten ist bei ihm Hopfen und Malz verloren.

Auch meine Eltern waren über das Diktatergebnis bestenfalls entsetzt. Und meine Beteuerungen, dass ich das Wort am Anfang richtig geschrieben hatte und erst geändert, nachdem die Lehrerin über die Besonderheit des Wortes so sehr schwadronierte, trugen nicht dazu bei, die Stimmung am Mittagstisch zu verbessern.

Und so ging es dann auch weiter. Meine Diktatnoten wurden einfach nicht besser, meine Lehrerin händigte mir immer wieder schlechte Noten aus und die Stimmung am Mittagstisch stürzte an solchen Tagen ins Bodenlose. Kein Mensch kam bei mir auf die Idee, einen Nachteilsausgleich einzuführen. Ich verlor die Lust am Schreiben, weil das, was ich schrieb, war ja eh falsch. Warum sollte ich dann schreiben? Brachte mir doch immer nur Ärger ein!

Später, da war ich schon auf der Realschule, wurde dann in einem Gespräch eine „mögliche Rechtschreibschwäche" festgestellt. Es gab sogar ein Hilfsangebot der Schule. Der Religionslehrer, kurz vor der Pensionierung, nahm ein paar meiner Mitschüler und mich in einen Raum mit und wir durften an die Tafel schreiben, was wir wollten. Danach wurden wir für das Geschriebene gelobt und dann wurden die Fehler korrigiert. Ich weiß immer noch nicht, ob das mit den damaligen Richtlinien des Kultusministeriums für Rechtschreibschwäche oder Legasthenie übereinstimmte oder ob es solche damals überhaupt gab. Allerdings weiß ich, dass diese Hilfestellung mich nicht in die Geheimnisse der deutschen Rechtschreibung einweihte. In Gedanken hakte ich die deutsche Schrift ab. Wir würden keine Freunde werden.

Und wie ist das jetzt mit Wörtern bei mir? Ich habe, wie wohl jeder, einen Pool an Wörtern im Kopf, bei denen ich nicht überlegen muss, wie ich sie zu schreiben habe. Dem gegenüber steht ein Pool an Wörtern, die ich grundsätzlich falsch schreibe. Nicht mit bösem Willen, sondern einfach nur, weil das richtig geschriebene Wort in meinen Augen so falsch aussieht, dass ich gar nicht glauben kann, dass das Wort richtig geschrieben sein soll. Und dann wird verschlimmbessert!

Dann gibt es den Pool an Wörtern, bei denen ich beim Schreiben jeden einzelnen Buchstaben schreiben muss um zu sehen, ob das Wort so stimmt. Ich stelle mir das Wort vorher vor. Meist komme ich dabei auf kein befriedigendes

Ergebnis, also fange ich an, nach Gefühl in mein Schreibprogramm zu hämmern, bete zu allen Göttern, dass die Rechtschreibhilfe nicht anspringt und das Wort richtig ist. Das klappt in einem von fünf Fällen.

Manchmal sehe ich selbst, dass das Wort genauso richtig ist wie eine Kuh beim Eislaufen. Das irritiert mich dann so sehr, dass ich stundenlang nach der richtigen Schreibweise suche, den Rest des Satzes vergesse und viel später darauf komme, im Online-Duden nachzuschauen. Was umso frustrierender ist, wenn man gerade im Fluss schreibt.

Die Hilfestellung: „Das schreibt man, wie man es spricht!", hilft mir gar nicht. Ich habe in dem Moment nur eine vollkommen falsche Schreibweise des Wortes im Kopf. Und wenn ich es absichtlich falsch schreiben wollte, dann bräuchte ich nicht fragen!

Und dann gibt es noch den Stamm an Wörtern, die ich ums Verrecken nicht schreibe und krampfhaft nach jeglicher Umschreibung greife. Satzzeichen wie Komma, Semikolon und sowas sind für mich reinstes Kriegsgebiet. (Lustige

Geschichte am Rande: Ich habe gerade 2 Minuten für das Wort „reinstes" gebraucht. Ich wusste in dem Moment einfach nicht mehr, wie man das Wort schreibt!) Wann wird nach einem Komma „das" mit „ß" oder „ss" oder nur mit einem „s" geschrieben? Dativ, Genitiv, Adjektiv - ein groß angelegtes Minenfeld, in dem ich mit einer Augenbinde herumtappe. Sehr zum Leidwesen meiner Mitmenschen, die sich, so hab ich manchmal das Gefühl, durch meine fehlerhafte Rechtschreibung persönlich angegriffen fühlen. So besonders in den sozialen Netzwerken, dem Eldorado für Rechtschreib-Nerds und deren Widersacher:

Und gerade da packe auch ich mich manchmal an den Kopf und wundere mich darüber, mit welcher Selbstverständlichkeit Leute irgendwelche Posts verfassen, die nur so vor Fehlern strotzen. Mir geht dann das Zitat des römischen Philosophen Boethius durch den Kopf: „Hättest du geschwiegen..." Oder der Gedanke: „Vorher Korrektur lesen lassen ist machbar, Herr Nachbar!"

Auf der anderen Seite schlagen diejenigen, die

mit einem guten Verhältnis zur Rechtschreibung aufgewachsen sind, erbarmungslos zurück. So gibt es dann schon mal Antwortposts wie "Gehirn - ein Luxus, den nicht jeder hat!"

Und ich? Ich sitze schweigend daneben und bin mir sicher, dass ich nicht den ersten Stein werfen werde. Ich kämpfe vermutlich gerade darum, einen Sinn darin zu sehen, warum man „Widerstand" ohne „e" nach dem „i" schreibt, bei dem Wort „wiedersehen", bei dem sich ja die erste Silbe genauso anhört, das „e" selbstverständlich dabei ist. Gerade dieses „e" ließ meinen Widerstand in den sozialen Netzwerken immer recht seltsam aussehen. Es möge sich jetzt bitte keiner angesprochen fühlen, mir diesen Unterschied zu erklären!

Und doch packt mich manchmal die Wut über so viel Unverständnis gegenüber Rechtschreibschwachen oder Legasthenikern! Sollen jetzt alle Rechtschreibschwachen und Legastheniker dieser Welt aufhören zu schreiben? Oder nur noch in Gegenwart eines Fachlehrers für deutsche Rechtschreibung und

Grammatik?

Ich würde sehr gerne für mehr Toleranz, mehr Hinterfragen und weniger Rechthaberei und Korrektur werben.

Der Userin, die mir in sehr knappen Worten vermittelte, was sie von meinem „Über den Wolken"-Post hielt, habe ich geantwortet:

„Ein Rechtschreib-Nerd. Schön, dass dir das Bild aufgefallen ist. Tja, du hast es entdeckt - ich hab tatsächlich Legasthenie, das heißt, ich kämpfe mit jedem dritten Wort, das ich schreibe. Satzzeichen sind absolut tödlich. Allerdings hab ich mich bei dem Text auf "Google" verlassen - sollte man nicht tun. Es tut mir leid, wenn dich mein Text in deiner Wohlfühlzone belästigt hat... und letztendlich beneide ich dich, wenn du keine Schwierigkeiten mit der Rechtschreibung hast!" Zwei Tage später löschte sie ihren ursprünglichen Post.

Mir persönlich ist es sehr unangenehm, wenn man mich auf meine Rechtschreibfehler anspricht. Ich empfinde Scham und werde nach einem kurzen Moment wütend. Unangenehm deshalb, weil man sich in meiner Vergangenheit immer wieder über meine Fehler lustig gemacht hat. Kinder, könnte man jetzt meinen. Aber was ich unter manchem fehlerbehafteten Post so lese, lässt mich daran zweifeln, dass es immer nur Kinder sind. Sowohl bei Fehlern als auch bei der Korrektur!

Ich leide an einer Krankheit, die du nicht sehen kannst. Sie macht mir das Leben schwer, aber sie hat keine Auswirkungen auf mein Erscheinungsbild. Ich leide an Legasthenie. Und für mich als Betroffener ist die Definition „Erkrankung" die beste Art, damit umzugehen. Eine Krankheit kann jeder bekommen. Ich bin also nicht schuld oder auch nicht faul, wie ich immer zu hören bekam. Ich habe eine Erkrankung, aber wie bei jeder Erkrankung gibt es da auch Hoffnung auf Heilung. Und ich bin auf dem Weg!

Du dauerst mich, du dauerst mich!

Auszug aus Wiktionary:

dauern (Deutsch)

Worttrennung:

dau·ern, Präteritum: dau·er·te, Partizip II: ge·dau·ert

Bedeutungen:

[1] *intransitiv:* über bestimmten Zeitraum erstrecken, für eine bestimmt Zeitspanne anhalten, währen
[2] *gehoben:* bestehen bleiben, beständig sein
[3] *gehoben, aber auch regional schwäbisch:* bei jemandem Mitleid erregen, jemandem leidtun

Herkunft:

[1, 2] Der Ursprung des Wortes liegt im lateinischen *durare* → *la* (fortdauern, aushalten, Bestand haben), das wiederum von *durus* → *la* (hart) entlehnt ist. Aus *durare* entwickelten sich das mittelhochdeutsche *tūren* oder *dūren* (Bestand haben, aushalten, standhalten) und das mittelniederdeutsche und das mittelniederländische *dūren* (währen, sich erstrecken).
Zunächst war das Verb auch nur in den letztgenannten Sprachen verbreitet, gelangte dann aber im 12.

Jahrhundert ins Hochdeutsche und verdrängte allmählich *wern,* eine Vorform von währen. Allgemeine Verbreitung erlangte *dauern* ab dem 18. Jahrhundert.[1]

[3] Das Verb ist aus dem mittelhochdeutschen *türen* und dem mittelniederdeutschen *düren* entstanden. Beide Formen sind Ablautungen vom Adjektiv *teuer,* das im Mittelhochdeutschen als *tiure* existierte. *Dauern* bedeutete ursprünglich also *zu teuer/kostbar sein* und *zu teuer/kostbar dünken*, jedoch wurde es bereits im Mittelhochdeutschen auch in der heutigen Bedeutung verwendet.

Der Anlaut *d-* kommt seit dem 15. Jahrhundert vor und setzte sich zum Ende des 18. Jahrhunderts durch. Zur gleichen Zeit endete auch der vorher seit dem 16. Jahrhundert vorkommende Wechsel zwischen den Formen *dauren* und *dauern*.[2]

Soviel zu Wiktionary. Mein Vater sagte diesen Satz immer, wenn ich oder meine Geschwister uns als Kinder über irgendeine elterliche Ungerechtigkeit beschwerten. Vermutlich ging es wohl hauptsächlich darum, den Müll herunterzubringen oder unsere Zimmer aufzuräumen. Also wollte ich den Satz am Ende des Buches auch mal nutzen, um ganz klar herauszustellen, wer mich dauert und wer nicht. Und da gibt es eine ganze Menge Leute. Also genug Herumgedruckse - fangen wir an:

Du dauerst mich: (2.Versuch)

Alle, die mich zu diesem Buch inspiriert haben und nicht in irgendeiner Form hier genannt oder sich in den Geschichten nicht erkannt haben! Manchmal ist es halt ein bisschen schwer, sich der Ursprünge der Gedanken zu entsinnen, die einen unter der Dusche angesprungen haben, wenn man später am Schreibtisch sitzt und sich überlegt: Wie bist du eigentlich auf diese Idee gekommen? Bei meinen unfreundlichen Geschichten denke ich mir dann von vorneherein: Den musst du umschreiben, möglichst so, dass er sich nicht erkennt - sonst gibt's Ärger. WAS? In meinen Geschichten sind die Personen aber gut erkennbar? Meine bösen Geschichten sind ja auch noch gar nicht gedruckt! Also: Unbekannter Inspirator: Du dauerst mich!

... und nochmal schnell „Danke" sagen, bevor das Buch zu Ende ist ...

Ich möchte mich aber noch bedanken! (Das auch noch!) Ja und zwar ganz besonders bei:

Anja Spindler, meiner persönlichen Deutschlehrerin, die immer wieder mit meinen Formulierungen, Satzzeichen und ähnlichem kämpfen muss und die in einigen Geschichten meine Hauptdarstellerin ist. Abgesehen davon, die Hauptdarstellerin in meinem Leben.

Meiner Familie: Wir können nicht nur „Loriot" zitieren - wir *sind* „Loriot"!

Daniel v. Trausnitz: Autor, Schauspieler; Göttinger und Mitbewohner der 2 Mann WG. Die Quelle ständigen Antriebs und schon ein cooler Typ.

Britta Voß, Verlegerin (Salsa Verlag): Danke für die Lehrstunde „Buchtitel gesucht!"

Der Offenen Lesebühne des Literaturhaus' Nordhessen, speziell Helen MacCormac und Sarah Birkenbeul. Der Offenen Lesebühne Göttingen. Und ich danke meinem seltsamen, interessanten, depressiven, euphorischen, rechthaberischen, wundervollen, alle Höhen und Tiefen natürlich sofort ausnutzenden Leben. Und natürlich meinem Herz, das mich bis zu diesem Punkt gebracht hat!

Und wer jetzt noch auf „Dank" wartet und ihn nicht bekommen hat: „Du dauerst mich!" Oder mir in den sozialen Netzwerken auflauern und Satisfaktion verlangen!

Mit ausdruckslosem Bedauern!

Frank Rossbach